W0094202

lr

Robert Kleindienst

Zeit der Häutung

Roman

laurin

Gedruckt mit freundlicher Unterstützung der Kulturabteilung
des Landes Salzburg sowie

BUNDESKANZLERAMT ▪ ÖSTERREICH

Dieser Roman wurde mit einem Projektstipendium des
österreichischen Bundeskanzleramtes für Kunst und Kultur
gefördert.

1. Auflage
ISBN 978-3-902866-72-1
Alle Rechte vorbehalten.
© edition laurin bei *innsbruck* university press 2019
Universität Innsbruck
Coverfoto: Gregor Sailer
Druck und Bindung: Christian Theiss GmbH

Tu deinen Mund auf für die Stummen und
für die Sache aller, die verlassen sind.
(Sprüche 31:8)

I

Durch Mauern gehen

Alles in deiner Vorstellung kann zu leben beginnen, hatte mir mein Großvater erklärt, als ich im Alter von sieben Jahren hellrot gepunktet und mit glühend heißer Stirn in meinem Bett gelegen war. Alles kann zu leben beginnen, wenn du wirklich daran glaubst. Denk daran, Ana, und lass dir von deinen Schmerzen nicht die Flügel stutzen.

Ich stellte mir vor, ein Engel sei über Nacht durchs Fenster geflogen, hätte mir, während ich schlief, kleine Farbtupfer ins Gesicht gepinselt, die mich zumindest ein wenig über meine Krankheit hinwegtrösteten. Bald jedoch breitete sich das Rot unaufhaltsam wie glühende Lava über den ganzen Körper aus, fleckenhaft jetzt und unansehnlich. Die Vorstellung des malenden Engels hatte sich mit einem Mal in Luft aufgelöst, die Krankheit ihren Zauber verloren.

Auch meine Augen hatten damals die Farbe der Masern angenommen, tränten nicht nur wegen der Schmerzen. Das kleine, verfinsterte Zimmer, in dem ich lag, war zu meinem Käfig geworden, und das Wissen um meine Freunde, die unter freiem Himmel spielten, ließ mich in tiefes Selbstmitleid versinken. Immer enger wuchsen die Mauern um mich, kamen erdrückend näher. Als wollte die Krankheit nicht nur von mir Besitz ergreifen, sondern mich mit aller Kraft zerstören, hatte sie mich bald schon zu ihrer wehrlosen Gefangenen gemacht. Sie trichterte mir Dunkles ein und mit ihm waren Gedanken an den Tod über mich hereingebrochen wie eine Gewitterfront. Die Vorstellung, dass er mich irgendwann an der Hand packte, zum Friedhof zerrte, dort unter die kalte Erde befahl, quälte mich so sehr, dass ich laut aufschrie in meinen Träumen.

Es war die Hand meines Großvaters, die mich hinausgeleitete aus dem Reich des Todes. Er, mit dem mich von klein auf ein unsichtbares Band des Vertrauens einte, schien mir meine einzige Rettung in jenen dunklen Stunden. Da ich mich todkrank fühlte und niemand wagte, einem todkranken Kind seinen Herzenswunsch abzuschlagen, wachte er fortan wie ein Samariter Tag und Nacht an meinem Krankenlager. Er kühlte meine Stirn, tröstete mich, munterte mich auf, führte mich durch die Mauern der Wohnung ins Grün des erwachten Zagreber Frühlings. Mit seinen Geschichten öffneten sich Türen und Tore, rückte der Tod in immer weitere Ferne.

Hand in Hand begaben wir uns auf Expedition durch den botanischen Garten, der mir als Kind unendlich groß erschienen war, schwebten auf einem Seerosenblatt über den Teich, wo Vögel geheimnisvoll sangen im Licht der Sonne. Mit offenem Mund standen wir vor leuchtenden Zierkirschen und Mandelbäumchen in voller Blüte, rochen ihren zarten, süßen Duft. Später liefen wir über sattgrüne Wiesen weitläufiger Parks, verloren uns im Wald auf der Suche nach verborgenen Blumen, und abends, noch vor Einbruch der Dunkelheit, lagen wir auf der Kuppe eines kleinen Hügels in Erwartung der Sterne. Sogartig ließ ich mich hineinziehen in Großvaters fantastische Welt, in der plötzlich eitle Königinnen und Prinzen vor mir standen, standhafte Zinnsoldaten, verwunschene Tiere. Wie aus dem Nichts tauchten dunkle Seen auf und Wälder, prachtvolle Burgen und Schlösser, tollpatschige Riesen, listige Narren, Hexen, Magier, von denen ich mich verzaubern ließ.

Nicht im Traum hätte ich gedacht, dass es dieselben Geschichten waren, die ich Jahrzehnte später den Kindern im Lager erzählte, die dem Tod weit näherstanden als ich mit meiner Masernerkrankung. In ihrer Vorstellung begannen die Dinge zu leben, und zumindest für kurze Zeit gelang ihnen die Flucht aus dem Schattenreich, konnten sie sich an einen Ort zurückziehen, wo ihnen Hunger, Durst und Tod nichts anhaben konnten.

Ich liebte die offenen Münder beim Erzählen der Geschichten, das Leuchten in den Augen, das weiterstrahlte nach dem letzten Satz. Im Reich ihrer Fan-

9

tasie konnte ich die Kinder über hohe Mauern fliegen lassen, und sie konnten sich erheben wie kleine,
schwarze Vögel, die nichts als ein wenig Glück und
Wärme suchten unter freiem Himmel.

Mein Großvater war damals längst nicht mehr am
Leben gewesen. Aber es waren seine Geschichten,
die die Kinder am Leben hielten, mich zum Leben
erweckt hatten in meinen dunklen Stunden.

II

Totes Gebirge

Ana schloss das Buch, bevor sie es zu Ende lesen konnte. Ein Schlag ans Fenster hatte sie auffahren lassen, im selben Moment spürte sie einen Schmerz im Rücken wie vom Hieb einer Axt. Jeden Tag war sie hellwach zu dieser frühen Stunde, während das Tal tief unter ihr erst langsam seine Augen aufschlug. Gekrümmt saß sie im Bett, atmete schnell, blickte nach draußen, lauschte. Nichts war zu hören außer lärmenden Vögeln, die mit ihrem morgendlichen Konzert begonnen hatten.

Viel zu oft war sie in den vergangenen Wochen und Monaten durch Geräusche aufgeschreckt worden, die sie nicht einordnen konnte, wurde meist nur der Totenstille gewahr, die sie umgab. Diesmal aber wusste sie, dass sie sich nicht getäuscht hatte. Sie schlug die Decke zurück, zog sich eine wollene Weste über, nahm das geladene Gewehr von der Wand und sperrte die Schlafkammer auf. Schnellen Schrittes stieg sie die knarrenden Stufen hinunter in den Flur, wo es nach Rauch stank und Fleisch, das sie am Abend zuvor gebraten hatte. Der Schlüssel steckte im Schloss. Sie drehte ihn zweimal, öffnete die Eingangstür.

Kühle, prickelnde Luft empfing sie draußen. Niemand war zu sehen außer Dim, dem pechschwarzen Kater, unter dessen Kinn sich ein schmaler, weißer Streifen wie eine Halskrause bis zu den Ohren zog. Mit halboffenen Augen lag er auf der Holzbank vor der Hütte, streckte seine Pfoten von sich, hob seinen Kopf, als sie näherkam. Er schien die wärmenden Sonnenstrahlen zu genießen, die langsam Wald und Wiese fluteten, in Nebelschwaden drangen, Tau, der sich in Spinnennetzen verfangen hatte, zum Glitzern brachten.

Im Gras fanden sich Reste vom Vortag, als sie über Stunden hinweg Brennholz gespaltet und die Scheite sorgfältig unter der Veranda gestapelt hatte, Stück für Stück. Schwielen, ein Splitter im rechten Auge und ein Hexenschuss waren der Preis ihrer Arbeit, hatten sie gezwungen, frühzeitig aufzuhören. Gleich nach dem Abendessen war sie todmüde ins Bett gesunken. Zuvor hatte sie noch ihr Auge ausgespült, Brennnesselstränge auf die Wirbelsäule geklopft, ein altes Hausmittel zur besseren Durchblutung, auf das bereits ihr Großvater geschworen hatte. Die Schmerzen von Bindehaut und Rücken aber hatten ihr den Schlaf geraubt wie die alte Angst aus Kindheitstagen, nicht mehr aufzuwachen, für immer im Traum verschwunden zu bleiben. Wenn sie dann doch endlich eindämmerte, ihr Kopf unruhig im Polster versank, kehrte sie zurück ins Schattenreich, dem sie Monate zuvor entstiegen war.

Nicht nur ihre Albträume ließen das Grauen vergangener Tage auferstehen. Vor allem abends, wenn das Dunkel als unheilvoller Bote ins Land einfiel, schleichend Besitz ergriff von Wald und Himmel, bis es alles unter seine Herrschaft gebracht hatte, tauchten Bilder auf aus dem Lager. Fiebrige Kinder wälzten sich vor ihren Augen auf schmutzigem Stroh, während andere stumm vor Hunger im Innenhof hockten. Hoch und unüberwindbar versperrte eine mit Stacheldraht bewehrte Steinmauer den Blick in die Freiheit. Jeden Tag hatte sich darin im Morgengrauen das wuchtige Holztor geöffnet, war der Totengräber mit seinem Pferdekarren wie ein Bote aus der Hölle hindurchgefahren, um seine Arbeit zu verrichten. Jede Woche durchschritten neue namenlose Kinder das Tor, bald schon in so großer Zahl, dass das Lager aus allen Nähten platzte. Keiner der kleinen Gefangenen hatte auch nur die geringste Ahnung, wie er hineingeraten war in diese dunkle Welt, wo sich Tag und Nacht nicht unterschieden, alles zum Himmel schrie.

Nino, ein vierjähriger serbischer Bub, hatte sie einmal gefragt, was die Kinder Böses getan hatten, dass sie nicht mehr hinausdurften ins Freie.

„Die Mauern sind da, um euch vor wilden Tieren zu schützen", hatte sie ihm nach einigem Zögern geantwortet, hätte sich am liebsten die Zunge abgebissen danach.

Seit seinem ersten Tag im Lager hatte sie ihn ins Herz geschlossen, versucht, wann immer möglich ein fröhliches Funkeln in seine Augen zu zaubern. Wie die anderen Kinder war auch er seinen Eltern entrissen worden, im Namen des Faschismus, des Glaubens, der Nation. Wehrmacht und Ustascha hatten das kleine Dorf, in dem er aufgewachsen war, bei einem Vergeltungsfeldzug heimgesucht, umstellt, bis auf die Grundmauern niedergebrannt. Sein Vater war mit allen Männern auf der Stelle erschossen worden. Seine Mutter hatte man zur Zwangsarbeit nach Deutschland geschickt, ihn und die anderen Kinder auf einen Lastwagen verladen, der geradewegs ins Lager fuhr. Nur die Erinnerung und ein kleines Holzpferd, das Ana wie ihren Augapfel hütete, war von ihm geblieben seit jenem schicksalhaften Morgen, als Partisanen das Lager angegriffen hatten zur Befreiung der Kinder.

Sie selbst hatte ein lockendes Angebot zur Arbeit als Schwesternhelferin ins Lager geführt. Die Ustascha hatte es unter dem Deckmantel eines Aufnahmeheims für Flüchtlingskinder errichten lassen, Mihael, einen Pater und Freund der Familie, mit der Leitung beauftragt. Damals wollte Ana fort aus ihrer Heimatstadt Zagreb, weit weg aus der Umklammerung ihres Vaters. Ihr Wille zur Veränderung, der Drang, zu helfen, war derart groß gewesen, dass ihr die neue Arbeitsstelle im Süden Kroatiens, inmitten von Wiesen und vereinzelten Gehöften gelegen, wie ein Geschenk des Himmels schien.

Es verging nicht viel Zeit, bis sie in der Hölle auf Erden erwachte. Blind vor Wut und Verzweiflung musste sie mitansehen, welchem wahren Zweck das Lager diente, welchen teuflischen Plan die Faschisten mit den Kindern verfolgten, die ihre Arbeit zu einem täglichen Kampf ums Überleben machte, für die Kinder, sie selbst. Aber sie hatte sich entschieden, zu bleiben, konnte und wollte die kleinen Gefangenen nicht der Willkür unberechenbarer Wärter überlassen. Jedes Mal, wenn sie daran dachte, fühlte sie sich in einem Sarg eingeschlossen, auf den Erinnerung wie schwere, schwarze Erde niedersank. Mit jedem Kind, das verprügelt wurde, verhungerte, in einer Holzkiste das Lager verließ, war etwas in ihr zugrunde gegangen, und auch die vielen Tage und Wochen in der Abgeschlossenheit des Waldes in Altaussee hatten kein Gras über das Grauen wachsen lassen. Noch immer war alles gegenwärtig, schien erdrückend nah wie das Kriegsende, als sie das Lager Hals über Kopf verlassen musste auf der Flucht vor heranrückenden Kommunisten. Dann stand sie wieder vor dem Eingangstor, blickte ein letztes Mal zurück auf das Schattenreich, in dem sie Jahre ihres Lebens verbracht hatte.

Eine Spur im Boden beunruhigte sie. Die Schuhabdrücke waren groß, gingen tief in aufgeweichte Erde und führten weiter zur Brücke. Vor einigen Tagen hatte sie Konrad besucht, ein Salinenarbeiter aus dem Dorf, der gelegentlich bei ihr Einkehr hielt, Nützliches wie Brot, Kartoffeln, Kaffee, Seife oder Strümpfe mitbrachte. Es mussten seine Spuren sein, denn ansonsten verirrte sich kaum jemand zu ihr außer Eichhörnchen, Hasen, Rehe, einmal in einem Schneesturm ein junger Fuchs. In manchen Nächten standen tote Kinder am Zaun, aber daran hatte sie sich gewöhnt.

Kurz vor Weihnachten waren drei Buben aus dem Dorf um die Hütte geschlichen. Sie war gerade von einem Besuch ihrer Freundin Vera zurückgekehrt, eingemummt in Mantel und Pelzmütze, überraschte die Buben in der Dämmerung. Außer sich vor Wut, hatte sie sie angeschrien, drohend ihre Faust erhoben. Als hätten die drei den Leibhaftigen gesehen, hatten sie Hals über Kopf das Weite gesucht.

Wachsam umrundete sie das alte, einstöckige Jagdhaus aus Fichtenstämmen, das verborgen im Wald lag, von hohen Bäumen umsäumt. Ein Bach schlängelte sich davor über die Wiese, wurde von einer Brücke gequert, an die im Frühling gefährlich nah Schmelzwasser gelangte. Hinter dem Wald stieg steil das Massiv des Sandlings an. Schnee lag noch am Gipfel, wehte bei starkem Wind wie Staubzucker über schroff abfallende Felsen. Wenn Wolken darüberzogen, kam Leben in den Berg, schien er zu atmen, sich zu heben und zu senken, um dann, waren sie weitergezogen, wieder in steinerne Starre zu verfallen. Viele Menschen waren schon auf ihm verschwunden oder in ihm, wurden Stoff für Sagen und Schauergeschichten, denn wie das gesamte Tote Gebirge war auch er durchzogen von Höhlen, Schächten, Dolinen. Immer wieder verloren Wanderer abseits der Wege den Boden unter ihren Füßen, tat sich gähnende Tiefe auf im zerklüfteten Gestein.

Einmal war sie oben gewesen mit ihrer Freundin, bei der sie sich nach ihrer Ankunft für kurze Zeit einquartiert hatte. Sie war es, die ihr zum Unterschlupf in Altaussee geraten hatte, bis sich die Wogen glätteten, die politische Lage beruhigte. Vera selbst war im letzten Kriegsjahr mit ihren beiden Kindern in den Ort gekommen, auf der Flucht vor Bomben, die ihre Heimatstadt in Schutt und Asche legten. Ihr Mann hatte versprochen, ihr nachzufolgen. Anfangs sandte er noch regelmäßig Telegramme von verschiedensten Orten in Südosteuropa, bis sie eines Tages einen Brief in ihren Händen hielt, in dem man ihr mitteilte, dass *Ihr lieber Gatte durch einen Granatvolltreffer in Erfüllung seiner Soldatenpflicht den Heldentod* gefunden hatte. Man bedauerte, dass die beiden Kinder nun ohne Vater heranwachsen würden, der *sein Leben als höchstes Opfer für den Führer und die Größe und Zukunft des ewigen deutschen Volkes* gegeben hatte. Der Witwe wünschte man, dass sie *die Kinder im gleichen heldenhaften Geist* erzog, der ihren Mann *bis zu seinem letzten Augenblick beseelte*.

17

Über drei Jahre lang hatten er und Anas Verlobter Gregor, ein junger Feldwebel aus Wien, gemeinsam in Kroatien gedient. Zwischen den beiden hatte sich eine tiefgehende Freundschaft entwickelt, und schon bei ihrem ersten gemeinsamen Treffen in Zagreb war der Funke auf die Frauen übergesprungen. Seither stand Ana in intensivem Austausch mit ihrer Freundin. Umso mehr hatte sie die Nachricht vom plötzlichen Tod wie ein Schlag ins Gesicht getroffen, ließ sie mitfühlen, mitleiden, rief Erinnerungen wach an Gregor, von dem sich vor Kriegsende alle Spuren verloren hatten.

Als sie damals wieder vom Sandling hinabgestiegen waren ins Tal, tief in Gespräche über frühere Zeiten versunken, hatte Ana das kleine Jagdhaus unweit einer verwachsenen Burgruine entdeckt, auf halbem Weg zwischen Alm und Dorf gelegen. Gleich beim ersten Anblick schien es ihr die geeignete Unterkunft für die folgenden Wochen, der Ort, um zur Ruhe zu kommen, Abstand zu gewinnen von all dem Durchlebten.

Vera hatte ihr von dem Vorhaben abgeraten. Sie zweifelte daran, dass sie in der Abgeschiedenheit der Bergwelt alleine zurechtkam, zumal das Dorf knapp eine Stunde Fußmarsch entfernt war, der Weg dorthin im Winter einer Gratwanderung glich. In Ana aber war die Idee bereits so weit herangereift, dass es für sie kein Zurück mehr gab, und es bedurfte nur noch ein wenig Überzeugungskraft, um den Besitzer des Jagdhauses für ihr Anliegen zu gewinnen. Seit jenem Tag hatte sie sich eingerichtet in der Einsamkeit des Waldes, wartete Nacht für Nacht darauf, dass sich der Schlaf wie eine Stahlglocke über sie senkte. Selten stieg sie hinab ins Dorf, nicht des steilen Weges wegen, sondern weil sie den Kontakt zu den Menschen mied, die ihr fremd waren, auch wenn sie die Fremde war, über die manche sprachen hinter vorgehaltener Hand.

Sie rieb ihr tränendes rechtes Auge, spürte den Fremdkörper, der noch darin stecken musste. Schwarze Punkte huschten umher, als sie es wieder öffnete, und ihr schwindelte. Sie ging zurück zum Eingang, stieß gegen ein Holzscheit im Gras, entdeckte unterhalb des Schlafzimmerfensters, in dem sich die Sonne spiegelte, eine Meise. Nur der Wind in ihrem Gefieder verlieh ihr einen Hauch von Lebendigkeit. Vorsichtig hob sie den Vogel auf, betrachtete seine halb geöffneten Lider, strich über sein Köpfchen, das leicht verdreht war. Dann merkte sie, dass der kleine Körper krampfte.

Dim hatte Ana nicht aus den Augen gelassen. Mit einem Satz sprang er von der Bank, miaute, scharrte, schmiegte seinen Kopf an ihre Wade, bis er bekam, was er begehrte. Wie eine Trophäe packte er die Meise, legte sie wieder auf den Boden, stieß mit seiner Tatze gegen den kleinen Kopf, schubste sie spielerisch vor sich her, fixierte sie, schreckte zurück, als sie sich plötzlich bewegte und verzog sich mit ihr im

Maul unter die Holzbank. Das Knacken der Knochen war deutlich vernehmbar.

Ana wartete, bis Dim die Meise vertilgt hatte und nur noch Federn von seinem Morgenmahl zeugten. Zufrieden kroch er wieder unter der Bank hervor, leckte seine Pfoten, streckte sich, schnurrte, schloss seine Augen.

Im Winter war er ihr halbverhungert zugelaufen. Anfangs hatte er sich noch bei jeder Berührung geduckt, gefaucht, die Tatzen wie zur Waffe erhoben, bis er nach und nach Vertrauen fasste und ihre Nähe akzeptierte. Und doch hatte er seine Eigenarten beibehalten, konnte das zutraulichste Wesen sein, bevor er sich im nächsten Augenblick in eine beißende Bestie verwandelte. Er akzeptierte keine Fremden, verschwand manchmal für mehrere Tage, um plötzlich wieder aufzutauchen, als wäre nichts geschehen. Einmal war er abgemagert, mit Bisswunden und blutendem Ohr zu ihr zurückgekehrt. Der Frühling musste ihn zu tieferliegenden Höfen hinabgetrieben haben oder ins Dorf, auf der Suche nach willigen Katzen, in fremdes Revier. Noch Wochen später waren die Blessuren sichtbar gewesen.

Nachdem sie das Gewehr verstaut hatte, ging sie in die Küche. Sie goss Milch in eine Blechschüssel, stellte sie neben den Ofen, richtete Brot, Butter und Kaffee zum Frühstück und setzte sich an den Tisch. Das Jagdhaus war schlicht, aber durchaus behaglich ausgestattet mit Eichenmöbeln im Erdgeschoss, wo sich Wohnküche und Speisekammer befanden und ein gemauerter Herd. Über dem Esstisch hing ein Hirschkopf mit mächtigem Geweih, stummer Wächter der Stube. Eine Treppe führte steil hinauf in den oberen Stock zu zwei kleinen Kammern, von denen die eine Schlafstatt war, die andere bis auf eine Kredenz leer stand. Sie mochte den süßlich-herben Geruch des Holzes, das Knacken der Kälte, das Knarren und Knarzen des Bodens. Dann und wann gab das Haus seltsame Geräusche von sich, ein Seufzen und Stöhnen, fast so, als würde es ein unglückliches Eigenleben führen.

Während des Krieges waren hier zwei Männer einquartiert gewesen, die gnadenlos Jagd machten auf Widerstandskämpfer, Deserteure, Kriegsdienstverweigerer. Wer die beiden waren, woher sie kamen, darüber gab es Gerüchte und ausreichend Gesprächsstoff im Dorf. Man munkelte, dass sie zur Gestapo gehörten, über Leichen gingen, um an Informationen zu gelangen. Mit ihrer pechschwarzen Deutschen Dogge eilte ihnen bald schon der Ruf von Höllengesandten voraus, Handlanger des Teufels, deren Nähe man mied wie die Pest. Ihre Arbeit jedenfalls wurde den beiden nicht leicht gemacht. Vor allem im letzten Kriegsjahr waren es immer mehr geworden, die sich auf den Kampf gegen das blutleckende Regime und seine Henker einschworen, der Widerstand gegen die Obrigkeit hatte Tradition in diesem Landstrich. Die Verstecke im unwegsamen Gelände waren gut getarnt, die von Bäuerinnen und Bauern, Jägern und Sennerinnen bedienten Nachschubrouten funktionierten, und die Schergen bissen sich die Zähne aus beim Durchkämmen der Wälder.

Kurz bevor amerikanische Soldaten die Gegend erreichten, konnten die beiden Männer einen letzten Erfolg feiern. Auf einer abgelegenen Alm hatten sie einen Buben der Hitlerjugend aufgegriffen, den man zur Verteidigung seiner Heimat abkommandiert hatte. Er war geflüchtet, um nicht als letzte Blutreserve dem Führer geopfert zu werden, wie viele andere desertiert, die verstanden hatten, dass der Krieg längst verloren war.

Eine ältere Sennerin hatte noch um Gnade gefleht, in einem Akt letzten Aufbäumens ihr eigenes Leben gegen jenes des Buben geboten. Er aber wurde ohne Prozess von einer SS-Abteilung in den Wald geführt, vor einen Baum gestellt mit verbundenen Augen. Die Schüsse hallten bis ins Tal.

Bei Kriegsende waren die beiden Männer so plötzlich verschwunden, wie sie aufgetaucht waren. Einen, erzählte man, hatten Fischer aufgedunsen aus dem Altausseer See gezogen, er wurde ohne großes Aufsehen auf dem örtlichen Friedhof bestattet. Vom zweiten verlor sich jede Spur.

Nach dem Auszug der Männer war das Jagdhaus leer gestanden, bis es Ana entdeckt und sich einquartiert hatte. Zu Beginn war es ihr ersehntes Refugium fernab der Menschen und Nachkriegswirren gewesen, eine Bleibe in sicherer Distanz, nicht von der Welt. Zunehmend aber wurde es zu einem hölzernen Käfig, in dem der Wechsel von Tag und Nacht zu den einzigen Höhepunkten zählte. Die lähmenden Stunden und Tage, die Widrigkeiten der Natur trieben sie oft an den Rand der Verzweiflung, und manchmal musste sie sich zwingen, nicht ihre wenigen Habseligkeiten zu packen, um für immer zu verschwinden. Auch ihre Hoffnung, sich endlich von den Bildern des Schattenreichs zu lösen, mit denen sie morgens aufstand, zu Mittag aß, sich nachts niederlegte, offenbarte sich als Illusion, zu tief hatten sie sich ins Gedächtnis eingefressen wie ätzende Säure, die tiefer drang mit jedem Tag. Jedes Fluginsekt auf nackter Haut rief Erinnerungen wach an Fliegen im Lager, die sich auf den Körpern kranker Kinder ausgebreitet hatten. Bei strahlendem Sonnenschein wurde das Summen der Bienen zu wimmernden Lauten, der Wind in den Bäumen zum Atem Fieberträumender, das Rauschen des Baches zum Rauschen der Save, in der die Kleinsten des Lagers ihr Leben lassen mussten.

Manchmal lag der Weg ins Dorf wie ein leuchtender Pfad vor ihr, als wollte er sie locken, ihn ein letztes Mal zu betreten. Beunruhigende Nachrichten aus ihrer Heimat ließen sie die Einsamkeit zumindest leichter ertragen, denn viele hatten die Zeichen der Zeit nicht erkannt, wurden von Kommunisten verfolgt, nach Schauprozessen exekutiert, in Gefängnisse und Arbeitslager verbannt. Wäre sie selbst nicht von einer Rotkreuz-Schwester rechtzeitig gewarnt worden, hätte auch sie das Ende des Krieges in Gefangenschaft verbracht, dessen war sie sicher.

Wenn sie zurückdachte an die Tage der Flucht, als sie ihre kroatische Heimat Hals über Kopf verlassen musste, war alles spürbar nah, konnte sie aus Bruchstücken ein infernales Bild zusammensetzen. An einem Aprilmorgen hatte sie ihren Rucksack gepackt, sich in eine Gruppe stets anwachsender Flüchtender eingereiht, die in Richtung der nördlichen Berge zog, der verheißungsvollen Grenze entgegen. Zunehmend mischten sich Uniformierte darunter, die vor heranrückenden Partisanen und der Roten Armee das Weite suchten.

Bald wand sich eine mit dem Auge nicht mehr fassbare Kolonne von Menschen, Tieren, Lastwagen, Geschützen, Fuhrwerken und Handwagen wie eine kopflose Schlange durchs Land. Manchen Fahrzeugen waren durch mangelnden Treibstoff Pferde vorgespannt worden, während Lastwagen Holzgasöfen neben dem Fahrerhaus montiert hatten, die rußigen Rauch in die Luft bliesen. Nur wenige hatten Glück, auf Wagen mitgenommen zu werden, und wenn, waren es meist die Schwächsten unter ihnen. Auf Pferdefuhrwerken hockten Mütter mit ihren Kindern im Arm, Greise, Kranke, Verwundete, alle trieben sie ihrem ungewissen Schicksal entgegen in der Hoffnung, sich hinter der Grenze in die rettenden Hände der britischen Armee begeben zu können. Noch aber stand ihnen ein langer, gefahrvoller Marsch bevor, verhinderten Angriffe ein rasches Vorwärtskommen. Unaufhörlich tauchten Partisanen auf, die sich auf Anhöhen versteckt hielten, an jeder Straßenkreuzung, bei jeder Waldlichtung konnte der Tod lauern. Als Anas Teil der Kolonne endlich die Ausläufer der Alpen erreichte, wurde er von Angreifern talwärts gedrängt, musste sich fortan entlang einer schmalen Straße bewegen, zwischen Fluss und Eisenbahnlinie gelegen.

Die Partisanen waren für Ana nicht die einzige Gefahr. Auch viele der flüchtenden Männer behielt sie aufmerksam im Visier, ihre Pistole, die ihr Gregor bei seinem Besuch im Lager überlassen hatte, stets in Griffweite. Ein einziges Mal musste sie von ihr Gebrauch machen.

Die Grenze nur noch wenige Tagesmärsche entfernt, war die Kolonne ins Stocken geraten. Wie aus heiterem Himmel stürmte plötzlich eine Gruppe junger Männer unter Gewehrsalven vom dicht bewaldeten Hang. Sekunden später sank vor ihr ein älterer Zivilist zu Boden. Reflexartig zog sie die Pistole, fixierte einen der Angreifer, der keine fünf Meter vor ihr zu stehen gekommen war, den Gewehrlauf auf sie gerichtet. Sie merkte, wie seine Hand zitterte, drückte ab. Die erste Kugel verfehlte ihr Ziel, die zweite traf ihn mitten ins Herz.

Kurz nach dem Angriff setzte sie sich von der Kolonne ab. Ein Unteroffizier aus Kärnten, der längere Zeit an ihrer Seite gegangen war, misstraute dem Plan, sich den Alliierten zu ergeben. Ihm war es nicht möglich, seine Einheit zu verlassen, aber er drängte sie zur Route über das Karawankenmassiv, die in zwei Tagesmärschen zu bewältigen war, sie die Gefahrenzone umgehen ließ.

Ana zögerte vorerst. Dann folgte sie seiner Aufforderung, zweigte auf einen Pfad ab, der durch einen schattigen Fichtenwald führte, in einen Hohlweg mündete, sich schließlich in Serpentinen den Berg hinaufwand. Nach und nach verstummte der Lärm der Kolonne und mit einem Mal fand sie sich in einer Stille wieder, die sie verunsicherte, ihr Angst machte. Nur allzu oft hatte im Lager abrupt einsetzende Lautlosigkeit den Tod eines Kindes bedeutet. Bilder brachen über sie herein aus einer sich nicht schließenden Wunde, in Gedanken lagen kleine Geschöpfe vor ihr, die nichts mehr von sich geben konnten. Die Entbehrungen im Lager hatten sie abmagern lassen, bis sie dünn waren wie ein Blatt Papier. Am Ende standen Münder fragend offen, lagen Augen in tiefen Höhlen, für immer erloschen.

Von einer Richtung einer verfallenen Holzhütte, die oberhalb in einer Schneise stand, drang Gelächter. Bevor Ana reagieren konnte, trat einen Steinwurf entfernt ein älterer Mann hinter einem Baum hervor. Er schloss seinen Hosenschlitz, musterte sie. Misstrauisch betrachtete Ana seine Soldatenjacke, und etwas in ihr drängte sie, auf der Stelle umzukehren. Aber es war zu spät, denn der Mann rief etwas in ihrer Sprache, lud sie ein, mit ihm und seinen Begleitern Mittag zu halten.

Hinter der Hütte traf sie auf eine junge Frau und ihren Mann, ein donauschwäbisches Pärchen aus der Vojvodina, das wie sie vor der heranrückenden Armee geflüchtet war. Auch sie hatten beschlossen, eine andere Route zu wählen als geplant. Beim Essen erzählte die Frau von ihrem nicht enden wollenden Albtraum, der damit begonnen hatte, dass eines frühen Morgens Soldaten der Roten Armee in ihrem Haus gestanden waren. Mit Gewehren im Anschlag wurden sie und ihr Mann auf den Dorfplatz geführt. Bald waren alle anderen Bewohner des kleinen Ortes zusammengetrieben, in eine fensterlose Baracke gesperrt, später ins Lager gebracht. Man wollte ihrer Volksgruppe nicht verzeihen, dass viele mit den Deutschen sympathisierten, sich der Ustascha angeschlossen hatten, um gegen Partisanen und Zivilisten vorzugehen. Im Lager wurde dafür Tag für Tag Vergeltung geübt, stapelten sich Tote in Massengräbern. Beim Feldeinsatz war den beiden schließlich die Flucht geglückt, und sie versteckten sich im nahen Wald, stießen dort auf den Soldaten der Ustascha, ihren Weggefährten.

Nach der Mittagsrast stiegen sie gemeinsam den steinigen Pfad hinauf. Ana waren die Berge seit ihrer Kindheit vertraut, hatte sie doch schon früh Wanderungen mit ihren Eltern unternommen, die Ausflüge stets als willkommene Abwechslung gesehen, um der drückenden Enge der Stadt zu entkommen. Auch jetzt genoss sie die Freiheit mit zunehmender Höhe, froh, sich nicht mehr im Staub und Gedränge der Kolonne fortbewegen zu müssen. Einzig ihr Hals bereitete ihr Sorgen, der sich anfühlte, als hätten sich winzige Stacheln darin verkeilt.

Oberhalb der Baumgrenze breitete sich ein steiles Geröllfeld aus, das wie eine steingewordene Zunge in grüne Terrassen drang und an dem kein Weg vorbeiführte. Langsam schritt Ana voran, trat achtsam auf Gesteinsbrocken. Fast hatte sie schon das andere Ende erreicht, als sie ein dumpfes Poltern vernahm. Im Umdrehen sah sie den jüngeren der beiden Männer mehrere Meter auf seinem Rücken den Hang hinunterrutschen. Er versuchte, Halt zu finden, konnte sich zur Seite drehen, kam endlich zum Stillstand. Fluchend zog er seinen Schuh aus und betastete den Knöchel. Seine Begleiter waren rasch bei ihm angelangt. Sie halfen ihm auf, und mit zusammengebissenen Zähnen konnte er noch eine Weile weitergehen, bis er sich auf den Boden setzte, resignierend den Kopf schüttelte.

Jetzt war alles gute Zureden vergebens. Unter starken Schmerzen schwoll der Knöchel an, und plötzlich türmte sich der Berg wie eine riesige, unbezwingbare Mauer auf, zwang den Mann und seine Frau zur Umkehr. Sie wollten zurück zur Kolonne, dort ein Fahrzeug suchen für den Weitertransport. Ihr Weggefährte ließ sich nicht davon abbringen, sie zu begleiten, wusste, dass sie auf seine Hilfe angewiesen waren.

Alleine kam Ana wieder rascher voran. Begleitet von einer Dohle, die hoch über dem Kopf ihre Kreise zog, gelangte sie durch weitläufige Latschenfelder zu einer Quelle, an der sie ihre Wasserflasche auffüllte. Vom Tal stieg Nebel auf wie Rauchschwaden, und darunter, im Verborgenen, strömten Menschenmassen über die Grenze, im festen Glauben, sicheres Land erreicht zu haben. Unaufhaltsam sollte damit das Schicksal seinen fatalen Lauf nehmen.

Tagelang sammelten sich die Flüchtenden nach dem Grenzübertritt auf einem weiten Feld. Zelte wurden aufgestellt, Schwerverwundete in Lazarette abtransportiert. Während man Wehrmachtssoldaten, Einheiten der SS, mit den Deutschen kollaborierende kroatische Ustaschen, serbische Tschetniks, slowenische Domobranzen und bosnische Handschar-Divisionäre ihrer Waffen entledigte, wurde das Lager von Panzern und Soldaten der Alliierten umstellt. Immer wieder krachten Schüsse, donnerten Geschütze, obwohl Kirchenglocken bereits das Kriegsende eingeläutet hatten. Aber noch schien der Tod allgegenwärtig, selbst am Himmel, wo britische Spitfire-Jagdflugzeuge mit dröhnenden Motoren das Gebiet im Tiefflug umkreisten. Einige trauten dem Frieden nicht, als ahnten sie, dass die Briten mit der jugoslawischen Volksbefreiungsarmee einen teuflischen Pakt geschlossen hatten, der alle Mühen und Strapazen mit einem Schlag zunichtemachte. Und so war es dann auch gekommen.

Wer nicht fliehen konnte oder an Ort und Stelle den Tod fand, wurde auf Lastwagen abtransportiert, unter falschen Versprechungen in Viehwaggons gepfercht, die versiegelt südwärts ratterten, in den Schlund der Rächer. Tausende und Abertausende trieb man auf mörderischen Märschen über die Grenze zurück. In Sekundenbruchteilen fanden Träume von Freiheit durch Gewehrsalven ihr Ende, wurden Menschen in Felsspalten gestürzt, die schnurgerade in die Tiefe führten, als müsste die Geschichte unter umgekehrten Vorzeichen wiederholt werden. Mit blindem Hass und ohmächtiger Wut ließ man Körper in Panzergräben, aufgelassenen Bergwerken, Wäldern verschwinden, wurden sie auf Wiesen und Feldern verscharrt, wo Bauern noch Jahrzehnte später auf ihre Überreste stoßen sollten.

Der letzte Teil des Aufstiegs entlang eines Kamms mit schroffen Abbrüchen begann an Anas Substanz zu zehren. Ihre Waden brannten, die Füße schmerzten, und der Mantel, den sie aus dem Lager mitgenommen hatte, war viel zu dünn für die niedrige Temperatur. Machtlos spürte sie, wie die Kälte in ihre Knochen kroch. Hatte im Tal längst der Frühling Einzug gehalten, schien hier oben der Winter seine Herrschaft nicht abtreten zu wollen, sich mit aller Kraft aufzubäumen gegen sein Verschwinden. Vereinzelt hielten sich auf den Felshängen Schneefelder in geschützten Bereichen, weiße Tupfer auf grauem Untergrund.

Nachdem sie die Staatsgrenze überquert hatte, ohne es zu wissen, verdüsterte sich der Himmel. Aufkommender Wind brachte Nebelschwaden, die sich wie eine undurchdringbare Wand vor ihr aufbauten. Schon fielen erste Tropfen vom Himmel herab, mischten sich mit schweren, nassen Flocken, die ihr Gewand durchfeuchteten. Im dichter werdenden Schneefall war bald jegliche Orientierung verloren. Allmählich verschwammen die Konturen der Landschaft, und mit jedem Schritt wuchs ihre Angst, plötzlich vor gähnendem Abgrund zu stehen. Aber sie dachte nicht ans Stehenbleiben, stapfte weiter auf dem weißen Teppich. Es galt, vor Einbruch der Nacht einen jener Unterschlüpfe zu finden, von der ihr der Kärntner Soldat berichtet hatte.

Ihre Beine wollten sie kaum noch tragen, als sie auf eine mit Steinen gedeckte Holzhütte in einer Felsnische stieß. Sperrangelweit stand die Tür offen. Wind hatte Schnee über die Schwelle geweht, und wie eine kleine Höhlenöffnung lag der Eingang vor ihr, lockend und bedrohlich zugleich. Vorsichtig betrat sie den Raum, der nach kaltem Rauch stank.

Die Augen brauchten eine Weile, um sich an die Dunkelheit zu gewöhnen. Auf dem Erdboden erkannte sie einen umgestürzten Schemel. Daneben, unterhalb des winzigen Fensters, lag ein halber Laib Brot auf dem Tisch, der noch weich war und duftete. Je länger sie in der Hütte stand, umso mehr beschlich sie das Gefühl, dass sie fluchtartig verlassen worden sein musste. Sie ging noch einmal nach draußen, sah sich um, holte Holz, das sich in ausreichender Menge unter dem Vordach fand. Die Scheite schlichtete sie kegelförmig in der mit Steinen begrenzten Feuerstelle, über die ein hölzerner Balken ragte zum Aufhängen von Kochgeschirr. Dann entzündete sie die Späne mit Papierstücken aus ihrem Rucksack, denn sie waren feucht, wollten nicht gleich brennen.

Endlich loderten erste Flammen auf. Dichter, beißender Qualm verteilte sich im Raum, aber Ana war dankbar um jedes Fünkchen Wärme. Ausgelaugt vom anstrengenden Aufstieg setzte sie sich ans prasselnde Feuer, aß ein wenig, richtete das Laken bei der Bettstatt aus quergelegten Stämmen, die mit Tannenreisig bedeckt waren. Der Schlaf kam rasch und als Erlösung.

In der Nacht wachte sie im Glauben auf, ein weinendes Kind gehört zu haben. Die Feuerstelle gloste nur noch schwach. Jetzt erst merkte sie, dass die Tür einen Spalt offenstand. In der festen Überzeugung, abends den Riegel vorgeschoben zu haben, zog sie sich den Mantel über, ging nach draußen, wo sie von einem sternklaren Himmel empfangen wurde. Rund um die Hütte lag glänzendes Weiß, das dem Land friedvolle Stille verlieh. Im Schnee waren keine Fußspuren zu sehen. Sie schloss die Tür, wickelte ihren Schal fest um den Hals, der höllisch brannte.

Auf dem Weg hatte sie noch gehofft, die Schmerzen würde rasch wieder abklingen, doch sie waren schlimmer geworden, strahlten jetzt bis zu den Schläfen aus. Mit aufeinanderschlagenden Zähnen legte sie Holz nach, zog die Decke bis zum Mund. Die Kälte hatte sie mit eisiger Hand gepackt. Beißend stand Rauch im Raum, trieb ihr Tränen in die Augen. Plötzlich meinte sie den jungen Partisanen zu sehen, den sie unweit der Grenze erschossen hatte. Flehend faltete er seine Hände, mit einer klaffenden Wunde in der Herzgegend. Sie schloss die Augen, zitterte sich in den Schlaf, während draußen der Wind an die Tür pochte, ein Heer heulender Kinderstimmen wie um ihr Leben schrie.

Als sie erwachte, glühte ihre Stirn. Obwohl sie ihren Kopf nur leicht angehoben hatte, schien sich alles zu drehen, und ihr war speiübel. Bilder von Nino tauchten auf. Angestrengt versuchte sie, sich sein Gesicht in Erinnerung zu rufen, aber es blieb schemenhaft, wollte keine Kontur annehmen. Nur das Feuermal, ein kleiner, rötlicher Fleck in der Mitte seiner Stirn, für den er von anderen Kindern oft Spott und Häme geerntet hatte, trat in Erscheinung. Je verzweifelter sie an ihn dachte, umso mehr schien er zu verschwinden, wie ein Spiegelbild im Wasser, in das jemand unablässig Steine warf. Erneut fiel sie in einen unruhigen Schlaf.

Den folgenden Tag verbrachte sie im Bett. Wenn es ihr Körper zuließ, schlug sie die Zeit tot mit dem Lesen einer zerschlissenen Bibelausgabe, die sie auf einem hervorstehenden Balken gefunden hatte. Mehrmals fuhr sie schweißnass und rasenden Herzens von ihrem Schlafplatz hoch, umgeben von Traumresten, die sie wie rotierende Sägeblätter umkreisten. Sie wusste nicht, ob sie wachte oder schlief, wähnte sich zurück im Lager, begann zu beten, wie sie es Tag für Tag mit den Kindern getan hatte:

Lieber Schutzengel mein,
beschütze mich, so soll es sein.
Dich hat mir Gott vermacht,
behüte mich nun Tag und Nacht.
Und soll ich bald im Himmel sein,
ist mein Herz dafür schon rein.
So wollen wir, Schutzengel mein,
Gott auf ewig dankbar sein.

Am Abend darauf spürte sie, wie ihre Kräfte langsam zurückkehrten. Noch fiel das Schlucken schwer, aber die hämmernden Schmerzen im Kopf waren verschwunden, ließen sie wieder klarer denken. Als sie dann endlich die Tür in den Morgen öffnete, wie erlöst ins Freie trat, war es föhnig, stand die Sonne so grell am stahlblauen Himmel, dass sie ihre Augen kaum offenhalten konnte. In der Nacht hatte sie ein Grollen wahrgenommen wie von einem nahen Donner. Jetzt hörte sie dumpfes, monotones Brummen, das zunehmend lauter wurde. Ein Bomberverband tauchte auf, zog in großer Höhe vorüber. Sie sah den silbrig glänzenden Todesmaschinen nach, bis sie kleine Punkte am Himmel waren, dachte an ihre Weiterreise nach Norden, die in greifbarer Nähe lag. Felsabstürze und eine steil abfallende Rinne zwangen sie vorerst, einen Umweg zu nehmen. Sie geriet in unwegsames Gelände, kam rasch wieder auf den Steig, der steil zur Waldgrenze hinunterführte. In Sichtweite einer steinernen Ruine stieß sie auf menschliche Fußabdrücke und Hundespuren, die sich dahinter in einem Stolleneingang verloren.

Mehrmals hatte sie das Gefühl beschlichen, nicht allein zu sein auf weiter Flur, um beim Zurückblicken nur ihre eigene Fährte zu erblicken, die sie in den dahinschmelzenden Schnee gezogen hatte. Achtsamer als sonst näherte sie sich dem schützenden Wald. Mit ihrer dunklen Kleidung und dem Rucksack war sie leicht auszumachen, bewegte sich als schwarzer Punkt auf hellem Untergrund. Sie wusste, dass sie sich selbst hier nicht in Sicherheit wähnen durfte, stets auf der Hut sein musste vor unliebsamen Überraschungen. Im Lager hatte sie Tag für Tag erfahren müssen, wie sich Leben und Sterben die Hand reichten, war selbst an der Schwelle des Todes gestanden, als sie sich mit Typhus ansteckte. Eine Schwesternhelferin, die auf abenteuerliche Weise Antibiotika besorgt hatte, rettete damals ihr Leben, während andere dahinsiechten, jämmerlich zugrunde gingen.

Es wurde bereits dunkel, als ein abgeschiedener Bergbauernhof vor ihr auftauchte, der wie ein Adlerhorst auf einer Kuppe thronte. Die Fenster waren unbeleuchtet, aber aus dem Kamin stieg kerzengerade Rauch. Sie umging den Hof in großem Bogen, damit kein Hund anschlagen konnte. Schon hatte sie ihn ein Stück weit hinter sich gelassen, als sie vom Lichtkegel einer Taschenlampe erfasst wurde.

Wie gelähmt blieb sie stehen, drehte sich um, sah vier Männer auf sich zukommen. Der älteste, ein Mann von ausgemergelter Statur, hielt sein Gewehr im Anschlag. Seine Begleiter waren jung, keine achtzehn Jahre alt, erinnerten in ihrer Aufmachung an Mitglieder einer Komödiantentruppe. Den Kopf des ersten, der seinen rechten Fuß hinkend nachzog, bedeckte ein viel zu großer Stahlhelm, der ihm andauernd vor die Augen rutschte. Der zweite war in einen feldgrauen Mantel gekleidet, der den fettleibigen Körper eng umschnürte. Der dritte, dessen Oberlippe ein zarter Flaum zierte, trug einen leeren Patronengurt um die Brust gekreuzt, in dem sich zwei Stielhandgranaten befanden. Alle hatten sie eine weiße Armbinde um ihre Jacken gebunden, auf der in schwarzen Lettern *Deutscher Volkssturm* prangte.

Nachdem sie Ana durchsucht und ihr die Waffe abgenommen hatten, wurde sie zurück zum Hof gebracht, in eine ebenerdig gelegene, fensterlose Kammer am Ende des Flurs gesperrt. Durch die Tür drangen aufgeregte Stimmen, vernahm sie bruchstückhaft, dass man uneins war über die weitere Vorgehensweise. Mehrmals fiel das Wort Partisanin.

Sie musste an jenen frühen Morgen im Mai des Jahres 1943 denken, der sich mit messerscharfer Klinge in ihr Leben eingeschnitten hatte. Sie war gerade auf dem Weg zur Wasserstelle gewesen, um Windeln zu waschen, als Schüsse fielen. Hals über Kopf hatte sie Zuflucht in einem Holzverschlag gesucht, konnte durch Ritzen beobachten, wie eine wachsende Anzahl Partisanen ins Lager drang. Mündungsfeuer der Gewehre blitzten auf. Sie hörte Schreie, schrille Kinderstimmen, krümmte sich vor Angst zusammen, bevor sie in eine bleierne Starre fiel. Dann verhallten die Schüsse, breitete sich Totenstille aus. Sie öffnete die Tür, trat mit schwankenden Beinen vor den Verschlag. Von dunkler Vorahnung getrieben, hastete sie ins Zimmer, in dem Nino Minuten zuvor gespielt hatte. Sein Holzpferd lag auf dem Boden. Er aber war weder dort noch im Nebentrakt zu finden. Sie lief durchs Lager, rief seinen Namen, durchsuchte die Gebäude mit wachsender Angst, ihn für immer verloren zu haben.

Nach dem Überfall hatten sich von ihm alle Spuren verloren, war nur die Erinnerung übriggeblieben und sein kleines Holzpferd. Mit seinem Verschwinden war für Ana eine Welt verloren gegangen, die nichts und niemand zu ersetzen vermochte.

Die Tür öffnete sich. Einer der jungen Männer stellte ihr wortlos Milch und einen Teller Sterz vor die Füße, blieb unschlüssig stehen. Erst als der Alte hinter ihm auftauchte, wurde die Tür wieder ins Schloss gezogen und verriegelt. Ana probierte vom Sterz, der ihr nach tagelanger karger Nahrung wie ein kleines Festmahl schien. Sie hörte noch, wie zwei Männer das Haus betraten, lehnte sich nach dem Essen an die Wand, wurde müde und schloss ihre Augen.

Sie wusste nicht, wie lange sie geschlafen hatte, als sie durch lautes Pochen aufgeschreckt wurde. Mit einem Mal wurde es hektisch. Männer riefen durcheinander, Glas splitterte, es krachte, und gleich darauf fielen erste Schüsse. Sie legte sich auf den Boden, blickte durch den Türspalt, aber es war nichts zu erkennen. Ihr blieb nichts anderes übrig, als abzuwarten, sich im Dunkel den Verlauf der Kampfhandlung vor Augen zu führen, der zusehends heftiger wurde. Ganz in der Nähe explodierte eine Granate. Gleich darauf drang Rauch durch den Türspalt, reizte ihre Atemwege. Sie hielt sich ein Tuch vor die Nase, hämmerte an die Tür, hustete, schrie um Hilfe aus Angst, das Haus würde bald lichterloh brennen. Da sie niemand zu hören schien, trat sie in ihrer Verzweiflung gegen die Tür, immer und immer wieder.

Sie hatte schon mit ihrem Leben abgeschlossen, als jemand öffnete. Wie eine Schattenfigur stand ein Mann im dichten Qualm, konnte sie sehen, dass im Flur ein Kasten und ein Teil der Holzdecke in Brand geraten waren.

„Kärntnerin?", fragte der Mann mit slawischem Akzent.

„Kroatin", sagte sie, räusperte sich, da die Stimme versagte. Unter einer Holzbank, inmitten von

Scherben, lag einer der Buben, der Mund wie zum Schrei geöffnet. Sein Stahlhelm war ihm ins rauchgeschwärzte Gesicht gerutscht. Am Bauch hatte er ein Einschussloch, aus dem Blut auf den Steinboden sickerte und eine milchartige Flüssigkeit. Aus einem angrenzenden Zimmer kam eine Frau mit angelegter Maschinenpistole gerannt, hastete über die steilen Stufen hinauf in den oberen Stock. Der Mann folgte ihr, ohne zu zögern.

Beim Treppenantritt entdeckte Ana ihren Rucksack in einer Nische. Sie packte ihn, trat ins Freie, wo ein jüngerer Mann sein Gewehr auf sie richtete. Ein anderer drückte den Lauf nach unten, musterte sie. Unter seiner Mütze zog sich eine frische Narbe bis zur rechten Augenbraue. Je länger sie ihn ansah, umso mehr beschlich sie das Gefühl, ihn schon einmal gesehen zu haben. Bevor sie weiter darüber nachdenken konnte, fielen Schüsse, splitterte Glas.

„Alexej hat noch ein paar Rechnungen offen", sagte der Mann und blickte hinauf zum oberen Stockwerk. „Drei Jahre unbezahlter Arbeit im Bergwerk gehen auf keine Kuhhaut."

Sie sah ihn fragend an, sog die Luft ein, die vor wenigen Tagen noch in ihrer Lunge geschmerzt hatte, jetzt kühlender Balsam war. Der Mann reichte ihr die Feldflasche, und gierig trank sie, merkte plötzlich, wie sehr ihre Hände zitterten. Hätten die Partisanen gewusst, wer sie war, wäre sie an Ort und Stelle erschossen worden.

Sie gab die Flasche zurück, bat den Mann um eine

Zigarette. Er grinste, kramte in seiner Jackentasche, legte Tabak auf einen kleinen Papierstreifen, den er geschickt zwischen den Fingern drehte. Beim Klicken des Feuerzeugs krachte ein Gewehr. Ruckartig drehten sie sich um, sahen einen der Buben bei der Scheune stehen, der sie mit seiner Waffe anvisierte. Der Mann gab eine Salve ab, rannte los, gefolgt von dem anderen. Wieder hallte ein Schuss. Sie spürte ein Brennen an der Schulter, taumelte, stürzte, schlug mit der Schläfe auf der Bank vor dem Haus auf und sank auf den Steinboden.

Als sie wieder zu sich kam, lag sie bei einem Holzstoß, den Kopf auf ihren Rucksack gebettet. Das Haus stand in Flammen. Ihre linke Schulter brannte, alles dröhnte und schmerzte. Ein Mann kniete neben ihr, sagte etwas, das sie nicht verstand. Sie griff sich an die Schläfe, die blutig war, drehte sich zur Seite, musste sich übergeben, verlor erneut das Bewusstsein. Irgendwann schlug sie wieder die Augen auf. Jetzt lag sie auf einem Leiterwagen, der von zwei Männern gezogen wurde, fühlte sich leicht, fast schwerelos. Das Rattern der Räder wurde leiser. Vorsichtig drehte sie den Kopf zur Seite, sah den Hof weit oben lichterloh brennen. Funken stoben in den Nachthimmel, Flammen züngelten und zuckten, als würde der Teufel einen irren Tanz aufführen.

Nach dem Frühstück begann sie mit dem Einkochen von Löwenzahnblüten, die sie am Vortag gesammelt hatte. Als das Wasser siedend heiß war, gab sie die Blütenblätter in den Topf, rührte, schöpfte Schaum ab, der sich an der Oberfläche gebildet hatte. Nach einigem Warten leerte sie die Flüssigkeit durch ein Sieb und schüttete Zucker in die gelbbraune Brühe. Während heißer Dampf aufstieg, sich süßlicher Duft im Raum verbreitete, verschlimmerten sich die Schmerzen im Auge. Einmal hatte sich im Lager ein tückischer Virus wie ein Lauffeuer verbreitet, bei vielen Kindern Entzündungen der Bindehaut und Fieber hervorgerufen. Zwei von ihnen waren so schwer erkrankt, dass sich Hornhautgeschwüre bildeten, die am Ende ihr Todesurteil bedeuteten.

Sie dachte daran, nach dem Einkochen den Arzt aufzusuchen, der sie kurz nach ihrer Ankunft wegen einer Handprellung behandelte. Er hatte damals ihr stark angeschwollenes Gelenk betrachtet, fast bedächtig eine Bandage anlegt und dabei von der Verhaftung eines hochrangigen SS-Mannes erzählt, der auf der nahegelegenen Wildenseealm von amerikanischen Soldaten aufgespürt worden war. Der Mann hatte sich dort, im Herzen der Alpenfestung, mit drei seiner Kameraden versteckt, um Zeit zu gewinnen, Champagner zu schlürfen, an ein Wunder zu glauben, das um nichts in der Welt mehr eintreten konnte. Bei seiner Festnahme konnte und wollte er sich nicht daran erinnern, Leiter der Sicherheitspolizei und des Sicherheitsdienstes gewesen zu sein, verantwortlich für Deportationen in Konzentrationslager, Ausrottungsfeldzüge, Verhaftungen, Verfolgungen, Folter. Mit gefälschtem

Ausweis hatte er sich vor den Amerikanern als Stabsarzt der SS ausgegeben, der zum vergnüglichen Wintersport in den Bergen unterwegs war, ein Mann mit Arztkoffer, der Doktor spielte, um zu überleben.

Noch bevor ihn die Soldaten zur Mittagszeit ins Dorf führten, hatte sich bereits eine Menschentraube auf der Straße gebildet. Die Neugier stand den Wartenden förmlich ins Gesicht geschrieben. Mit offenen Mündern beobachtete man, wer da aus den schneebedeckten Bergen zurückkehrte, es gab ein Zischen und Raunen, wiederholt glitt manchen das Wort *Kaltenbrunner* über die Lippen, so leise, als wäre es schon ein Verbrechen, seinen Namen auszusprechen. Die Soldaten wussten bereits, welcher große Fisch ihnen ins Netz gegangen war, sie hatten metallene Erkennungsmarken in der Hütte gefunden, versteckt in der Asche des Ofens. Für einen Augenblick war es sogar rührselig geworden, da eine junge Gräfin aus der Menge trat, den Verhafteten stürmisch umarmte, ihn, den Vater von Zwillingen, die sie wenige Monate zuvor zur Welt gebracht hatte. Sie schien nicht zu ahnen, dass ihre Umarmung die Schlinge um seinen Hals nur noch enger ziehen sollte.

Der Arzt jedenfalls hatte sich als Fundgrube für Geschichten und Anekdoten aus dem Ort erwiesen. Fast schien er enttäuscht, als Ana aufbrach, drückte ihr beim Verabschieden noch eine Salbe in die Hand mit dem Ratschlag, sich tunlichst zu schonen.

Dim strich unruhig um ihre Füße, umkreiste den leeren Futternapf. Nachdem er mehrmals mitleidserregend miaut hatte, sprang er auf die Anrichte, leckte seine Pfoten, streckte sich, streifte eine Emailletasse, die polternd zu Boden fiel. Ana legte ihm ein Stück Käse auf den Teller, mit dem er sich zufrieden zeigte und im Vorraum verschwand. Eine Weile stand sie noch am Herd, rührte den Löwenzahnsud, ließ die Flüssigkeit einkochen, bis sie Fäden zog. Dann füllte sie den Honig in Gläser und packte ihren Rucksack.

Vor der Tür empfing sie gleißendes Sonnenlicht, das wie Salz auf den Augäpfeln brannte. Sie zog die Hutkrempe tiefer in die Stirn, querte mit zusammengepressten Lidern die Wiese vor dem Haus. Nach der Brücke zweigte der schmale, bald schon stark abschüssige Pfad ins Tal ab. An lichten Stellen des Waldes sprossen Lungenkraut und Schneerosen aus feuchter Erde, weiter oben blühte Seidelbast, setzten Tannen und Fichten erste Triebe an. In den Baumkronen hatten Krähen ihre Nester gebaut, zogen mit krächzenden Lauten ihre Kreise darüber. Dort, wo eine Felswand steil in die Tiefe abbrach und im Graben eisiges Schmelzwasser toste, bekreuzigte sich Ana, wie jedes Mal, wenn sie an diesem unheilvollen Ort vorbeikam. Ein mit Schindeln gedeckter Bildstock hing an jener Stelle am Baum, der einen kleinen Buben mit gefalteten Händen zeigte. Fast flehend blickte er zu einem Marienbildnis auf. Darunter war eine verwitterte Inschrift zu lesen:

Wanderer, halt inne und bete. An dieser Stelle stürzte unser liebes Kind Anton in den Tod, es wurde keine sechs Jahre alt. Vergib uns unsere Schuld, denn auch wir vergeben unseren Schuldigern.

Das Bild des Buben hatte sie vom ersten Augenblick an berührt, rief Erinnerungen wach an Nino, die Zeit, als sie noch miteinander gebetet hatten im Lager. Der Gedanke an ihn, die vielen gemeinsam verbrachten Stunden schnürten ihr manchmal so sehr die Luft ab, dass sie kaum noch atmen konnte. Sie wusste nicht, ob er die Kriegszeit unversehrt überstanden hatte, wohlauf war, ob er überhaupt noch lebte, und nichts war sehnlicher als ihr Wunsch, eine einzige kurze Nachricht zu erhalten über seinen Verbleib. Die Hoffnung, dass er eines Tages zu ihr zurückkam, sie ihn wieder in ihre Arme schließen konnte, war größer als je zuvor.

Als sie die erste Kehre erreicht hatte, vernahm sie leises Grollen in der Ferne. Umzukehren kam nicht in Frage, zu oft schon hatten sich Gewitter angekündigt, um dann in sicherer Entfernung vorbeizuziehen. Auch waren die Schmerzen zu stark, den Arztbesuch länger aufzuschieben. Sie ging weiter, blieb kurz darauf wie vom Blitz getroffen stehen. Händeringend schwamm ein Körper im Bach, wurde von einem Strudel unter Wasser gezogen, verschwand in der Gischt, gelangte wieder nach oben, prallte gegen moosbewachsene Felsen, stürzte einen Wasserfall hinab, bevor er weitertrieb, zum Spiel der Wellen geworden. Erst nachdem die Schlieren im Aug verschwunden waren, ihr Blick langsam schärfer wurde, erkannte sie, dass es ein kleiner, entwurzelter Baum war, der im Wasser schwamm.

Bei der folgenden Kehre gab der Berg einen atemraubenden Blick ins Tal und auf die schroff zum See abfallende Trisselwand frei, der sie an diesem Tag beunruhigte. Eine schwefelgelbe Wand am Horizont, von deren Mitte schwarze Fäden bis zur Erde hingen, drängte sie nun doch zur Umkehr. Hinter ihr begann es bereits leise zu donnern. Das Land hatte sich verdunkelt, und im Dorf schlugen Kirchturmglocken zum Wettergeläut. Dann fielen erste Tropfen.

Noch bevor das Haus in Sichtweite war, hatte der Himmel seine Schleusen geöffnet. Die Tropfen gefroren nach und nach zu Eisklumpen, stürzten auf sie herab, prallten lärmend am Boden auf. Es donnerte, hagelte, blitzte ohne Unterlass. Schützend hielt sie ihren Rucksack über den Kopf, rannte, so schnell sie konnte. Von Böen hochgewirbelt, kamen die Hagelkörner wie kleine Geschosse auf sie zu, trafen sie mit voller Wucht im Gesicht.

Völlig durchnässt erreichte sie endlich die Unterkunft, hastete nach oben, um die Fensterläden zu schließen, kam zu spät. In der Schlafkammer war eine Scheibe zu Bruch gegangen, und ihr Bett, das sich unter dem Fenster befand, war über und über mit Scherben bedeckt. Draußen sprangen riesige

Hagelkörner gleich Gummibällen auf die Erde, überzogen die Frühlingswiese wie mit Löschkalk.

Dim empfing sie fauchend in der Stube. Mit angelegten Ohren lag er unter dem Tisch, gab ein quiekendes Geräusch von sich, als sie näherkam, verschwand im Ofenloch. Er schien verstimmt, dass sie bei dem Unwetter nicht an seiner Seite gewesen war, denn schon beim leisesten Donnergrollen sträubte sich für gewöhnlich sein Fell. Ana schloss die restlichen Balken, entzündete die Petroleumlampe. Heftig rüttelte der Wind an den Fensterläden, heulte wie wimmernde Kinder. Nachdem sie ihre vor Nässe triefenden Kleider ausgezogen hatte, legte sie Holz im Herd nach, setzte Wasser auf für den Kaffee. Während des Mahlvorgangs schwoll der Lärm noch einmal an, und auf dem Dach trommelte es, als würden hunderte Finger zugleich wie von Sinnen auf Schreibmaschinen hämmern. Dann war der Spuk plötzlich vorbei.

Sie öffnete einen Fensterladen, sah, dass der Hagel wieder in Regen übergegangen war, der nach und nach das Weiß von der Wiese fraß. In einer Mulde, wo sich nach der Schneeschmelze ein kleiner Tümpel gebildet hatte, Frösche und Libellen ihre Eier ablegten, stapelten sich knöchelhoch Hagelkörner. Die beiden Apfelbäume vor dem Haus, die eben noch in voller Pracht geblüht hatten, waren skelettiert. Blätter und abgebrochene Äste lagen verstreut am Boden und bei einem der Bäume war der Stamm in zwei

Teile gespalten. Ein Jahr zuvor hätte ihr die verlorene Blüte noch Kopfzerbrechen bereitet. Diesmal tröstete sie sich damit, dass sie im Herbst, wenn die Früchte zu ernten waren, die Hütte längst verlassen hatte. Sie leerte das Wasser in die Kanne, setzte sich an den Tisch, ließ den Kaffee ruhen und goss die dampfende Flüssigkeit durch ein Sieb in die Tasse.

Nachdem sie den Kaffee getrunken hatte, besah sie den Schaden im Garten, der schlimmer als befürchtet war. Einem Großteil der Beerensträucher hatte der Hagel schwer zugesetzt, und die Gemüsepflanzen waren bis auf wenige Ausnahmen vernichtet. Ihr blieb nichts anderes zu tun, als abgebrochene Teile vom Boden aufzusammeln, noch ansehnliche Pflanzen zu stützen, in der Hoffnung, dass ihr Überlebenstrieb stark genug war. Am frühen Abend klarte der Himmel endlich auf, zeigte sich die Sonne wieder in warmen, versöhnlichen Orangetönen. Die Zeit für den Arztbesuch aber war abgelaufen.

Sie musste eben erst eingeschlafen sein, als sie schweißgebadet auffuhr. Jemand hatte versucht, ihr mit einem Messer ins Auge zu stechen. In panischer Angst hatte sie um sich geschlagen, um die Stiche abzuwehren, aber da war niemand, den sie treffen konnte, nur Luft und Dunkelheit, die sie umgab. Vorsichtig versuchte sie, ihr rechtes Auge zu öffnen, das völlig verklebt war.

Mit einem Streichholz entzündete sie den Docht der Petroleumlampe. Während sie ins Licht starrte, das zuckende Schatten an die Wand warf, fand sie sich in Traumbildern vom Feuermeer wieder, in dem weißgekleidete Kinder trieben, die ihre Hände nach ihr streckten, als müsste auch sie von den Flammen verzehrt werden. Dann lag sie am kalten Steinboden, unfähig, ihre Glieder zu rühren. Über ihr ragte eine Mauer mit Stacheldraht in den Himmel, so hoch, dass kein Ende abzusehen war. Eine Ratte huschte vorbei mit blutendem Maul, näherte sich ihrem Kopf. Sie packte das Tier, warf es an die Wand, und plötzlich hatte es sich in einen Buben verwandelt, der ein Messer in seiner Hand hielt, bereit, zuzustechen.

Sie ging zur Anrichte, auf der eine Waschschüssel und ein kleiner Spiegel standen. Mit dem Lappen wischte sie sich über das verklebte Auge, bis es sich ein wenig öffnen ließ. Vor dem Zubettgehen hatte sie noch vergeblich versucht, den Schiefer mit dem Zipfel eines angefeuchteten Tuches zu entfernen. Jetzt war die Bindehaut stark angeschwollen, brannten und juckten die Lider, dass sie sich den Schmerz am liebsten aus dem Augapfel gerieben hätte.

Der Wecker zeigte kurz nach Mitternacht. An Schlaf war nicht mehr zu denken, und so zog sie sich an, ging nach unten und entzündete eine Kerze. Dim war aus dem Ofenloch hervorgekrochen, streckte sich, beobachtete aus sicherer Entfernung, wie sie die Glut im Ofen entfachte und Wasser aufsetzte. Neugierig kam er näher und landete mit einem Satz auf der Anrichte, wo Kamillenblüten lagen, die sie am Vorabend gesammelt hatte. Bevor er sie mit seiner Pfote begutachten konnte, wurde er von Ana fortgescheucht. Unter lautem Protest sprang er auf den Boden, schrie schmerzhaft auf und humpelte in sein finsteres Loch.

Als das Wasser kochte, gab sie Kamillenblüten hinzu, wartete, bis die Flüssigkeit abkühlte. Dann tränkte sie ein Tuch darin und legte es sich aufs Auge. Aber es war vergebens, schlimmer noch, das Brennen wurde nur noch unerträglicher, und wütend riss sie das Tuch vom Auge, spülte es mit Wasser. Sie hatte das Gefühl, als würde der Splitter mit jedem Lidschlag tiefer in ihre Hornhaut dringen, wie ein Spitzmeißel, von fremder Hand getrieben. Ihr ganzer Kopf schien jetzt gegen die Entzündung zu rebellieren. Die Schläfen pochten, hinter der Stirn war ein wachsender Druck spürbar und ihre Nase rann unaufhörlich. *Selig sind die, die da Leid tragen,* begann sie zu beten, *denn sie sollen getröstet werden. Der Herr ist mein Hirte, er führt mich, aus der Tiefe rufe ich, Herr, zu dir.*

Die Stunden bis zur Morgendämmerung vergingen wie eine Rast in der Hölle. Sie verfluchte den Tag, an dem sie zum ersten Mal ihren Fuß in das Haus gesetzt hatte, ging unruhig auf und ab, versank mit jedem Schritt tiefer in Wut und Selbstmitleid. Dumpf starrten sie die Holzplanken am Boden an, und der Hirsch grinste hämisch von der Wand.

Endlich zeigten sich erste erlösende Spuren am Firmament, die vom Ende der Nacht und einem föhnigen Tag kündeten. Sie wartete, bis die Zeit gekommen war, um aufzubrechen, säuberte noch einmal das Auge. Der Rucksack stand gepackt neben der Eingangstür.

Auf dem Weg ins Tal fanden sich allerorts Spuren des Hagelgewitters. Abgebrochene Äste bedeckten den Waldboden, die Wipfel vieler Nadelbäume waren abgeschlagen, Blätter der Sträucher am Wegrand durchlöchert und selbst Vögel waren dem Hagelschlag zum Opfer gefallen.

Unweit des Bildstocks versperrte ihr eine entwurzelte Fichte den Weg. Wie ein riesiges Ungetüm ragte die Wurzel an einem Ende in die Luft, während am anderen Ende der Wipfel halb über den Felsabbruch hing und ein Passieren unmöglich machte. Sie hatte keine andere Wahl, als den Hang hochzusteigen, gab Acht, nicht auf dem nassen, moosigen Untergrund auszurutschen. Die Geräusche des Waldes schienen ihr an diesem Morgen anders, bedrohlicher als gewohnt. Aufgeregt schrien Krähen, in der Ferne hämmerte ein Specht, es knackte, knarrte, raschelte, aber niemand war zu sehen, keine Tiere, keine Menschen.

Weiter unten, wo deutlich die Schneise zu erkennen war, die der Hagel in den Wald geschlagen hatte, drangen dumpfe Schläge aus dem Dickicht. Kurz darauf vernahm sie röchelnde Laute, wie ein Ächzen oder Stöhnen. Beim Näherkommen sah sie zwei

Männer in einer Senke, die mit Federn geschmückte Hüte trugen, einen Baumstamm mit einer Zugsäge zerteilten. Als die beiden von ihr Notiz genommen hatten, hielten sie inne, während sie ihren Schritt beschleunigte. Nachdem sie den schattigen Hohlweg verlassen und das erste Bauernhaus erreicht hatte, wurde der Weg breiter, führte entlang eines Baches über sanft geneigte Wiesen, auf denen sich Narzissen wie ein endloser Brautschleier ausbreiteten. Sie aber hatte keinen Sinn für den Liebreiz der Landschaft, denn ohne Schutz der Bäume brannte die Sonne nun vom Himmel herab, blendete gnadenlos.

Unweit der Pfarrkirche tauchte das Haus des Arztes auf. Sie ging an einer älteren Frau in Tracht vorbei, überholte zwei festlich gekleidete Männer. Mit einem Mal wurde ihr bewusst, dass es Sonntag war, und sie ärgerte sich, dass ihr die Wochentage zusehends entglitten, die Zeit in der Höhe zu einer trägen Masse verkam.

Vor einem kleinen, abgezäunten Grundstück, auf dem ein verfallener Schuppen stand, pflückte ein Mädchen verblühte Löwenzähne, blies auf die Samen und betrachtete gespannt den Fruchtboden. Die kahlen Stängel warf sie in weitem Bogen über den Zaun, wo Ziegen und Hühner auf ihr gefundenes Fressen warteten. Dann stand Ana schon vor dem holzvertäfelten Gebäude, das über einen vorgelagerten Garten zu erreichen war. Sie klingelte, wartete wie unter Strom. Nach einiger Zeit drückte sie noch einmal die

Klingel, und im selben Moment öffnete ihr die Frau des Arztes, rief lauthals nach ihrem Mann.

„Kommen Sie bitte herein!", hörte sie seine Stimme, sah ihn gleich darauf im Morgenmantel die Treppe hinabsteigen. „Da haben gestern also wieder die Vorboten der Eisheiligen zugeschlagen", sagte er und schlurfte zum Behandlungszimmer. „Im Wald hat es einen Holzarbeiter erwischt. Schlimm, ganz schlimm, der Baum hat seinen Schädel gespalten. Der Mann hat noch gelebt, als ich bei ihm war. Hoffentlich war der Hagel bei Ihnen oben nicht allzu heftig. Aber jetzt schauen wir uns erst einmal Ihr Auge an. Sie sehen ja aus, als würden Sie direkt aus dem Höllenfeuer kommen."

Er bot ihr einen Stuhl an und setzte sich vor sie. Eingehend untersuchte er ihre Hornhaut, schob das Lid nach oben, nach unten, tupfte ihre Tränen ab, während sie das Auge kaum offen halten konnte vor Schmerz. Er seufzte, holte die Lupe, schaute ihr noch einmal tief ins Auge.

„Es tut mir sehr leid, aber ich kann beim besten Willen nichts finden", sagte er und zuckte resignierend mit den Schultern. „Der Splitter muss schon herausgespült worden sein. Glauben Sie mir, im Krieg habe ich ganz andere Dinge gesehen, die Sie sich in Ihren schlimmsten Albträumen nicht vorstellen können. Aber bei Ihnen kann ich Entwarnung geben. Ihre Hornhaut ist wohl nur an der Oberfläche ein wenig gekränkt. Darauf sollten wir doch das Glas heben, nicht wahr?"

Ohne eine Antwort abzuwarten, holte er eine Flasche Vogelbeerschnaps aus dem Schrank. Ana wollte die Einladung zuerst ablehnen, stieß dann aber mit ihm an und trank den Brand mit einem Zug. Der Arzt nickte anerkennend, schenkte nach.

„Wenn das Auge nach drei Tagen nicht besser wird oder Sie Geister sehen, sehen wir uns wieder", sagte er. „Bleiben Sie jetzt bitte noch kurz sitzen. Ich gebe Ihnen eine Salbe und lege einen Verband darüber. Die Entzündung wird dann rasch abheilen, und Sie sind der perfekte Kinderschreck." Während er die Salbe in ihre Lider strich, eine Mullbinde anlegte, kam er ihr unangenehm nahe. Sie roch sein penetrantes Rasierwasser, spürte sein Glied an ihrem Körper. Schon war sie daran, sich zu verabschieden, als es an der Tür klopfte. Die Frau des Arztes öffnete und blieb an der Schwelle stehen.

„Entschuldige die Störung, Alfred, aber wir müssen bald aufbrechen."

„Unsere Enkelin hat Erstkommunion", erklärte er. „Um zehn Uhr beginnt der Gottesdienst. Übrigens, Kaltenbrunner sitzt jetzt in Nürnberg. Sie haben ihm schon den Strick um den Hals gelegt."

Süßer Fliederduft und der Geruch von Traubenkirschen stiegen Ana in die Nase, als sie nach draußen trat. Etwas schien in der Luft zu liegen an diesem schwülen Maitag, das nur darauf wartete, sich lautstark zu entladen. Aber noch braute sich nichts zusammen am Himmelszelt. Die Wolken mieden das

Blau und nur vereinzelt jagten Schwalben im Tief-flug über Wiesen und Felder. Sie nahm ihr Halstuch ab, wickelte es um den Kopf, damit das verbundene Auge fast zur Gänze verdeckt war. Trotz der beruhi-genden Worte des Arztes fühlte sie sich todelend. Ihr Kopf dröhnte, ihr Magen war flau, und sie spürte den Alkohol, da sie seit dem Abend nichts mehr gegessen hatte.

In der Hoffnung, keiner Menschenseele zu begeg-nen, mied sie die Straße, von der sie gekommen war, schlug stattdessen einen Weg ein, der eine blumen-bewachsene Feuchtwiese querte. Hell und feierlich läuteten die Glocken der steinernen Dorfkirche. Wei-ter unten kräuselten sich Wellen im See, der sich wie ein riesiges Tintenfass ausbreitete und an dessen Ufer Menschen flanierten. Noch immer lockte der Ort, der sich nicht nur auf Bildern und Postkarten pittoresk präsentierte, Gäste von nah und fern, die eine heile Welt suchten, während ganze Städte in Schutt und Asche lagen. In der Nähe der Bootshütten hatten sich amerikanische Soldaten in einem Hotel einquartiert. Bevor ihre Vorhut kurz vor Kriegsende den nahen Passübergang erreicht hatte, waren viele bereits mit Spurenbeseitigung beschäftigt gewesen, hatten der Führerpartei abgeschworen, Uniformen abgelegt, sich rasch aller Relikte des Terrorregimes entledigt. Als die Amerikaner nach und nach mit ihren Mannschafts-wagen, Panzern und Jeeps vorrückten, auf ihrem Weg ein vor dem Pass liegendes Konzentrationslager mit tausenden Überlebenden des Regimes befreiten, hingen vereinzelt wieder Fahnen der Republik von den Häusern.

Vom Hang näherten sich drei weißgekleidete Mädchen mit Blumenkränzen in den Haaren, sangen das Lied *Hoch am Himmel, tief auf Erden.* Ana sah den Mädchen nach, die hinunter zur Kirche zogen wie Kinder im Totengewand.

Mit jedem Schritt, den sie sich weiter vom Dorf entfernte, über Felder vorbei an verstreuten Häusern und Höfen, wurde ihr leichter zumute, wuchs der Wunsch nach den schützenden Wänden des Jagdhauses. Fast hatte sie schon die Waldgrenze erreicht, als der Boden unter ihr nachzugeben schien, und ihr schwindelte. Sie setzte sich auf einen quer liegenden Baumstamm am Wegrand, nahm das Kopftuch ab, streckte die Beine aus, konzentrierte sich auf ihre Atmung. Vom Berg wehte kühle Luft herab. Sanft bewegte sie die Blätter des ausladenden Vogelbeerbaumes, unter dessen Schatten sie Platz genommen hatte. Plötzlich spürte sie ein heftiges Brennen an den Waden. Jetzt erst merkte sie, dass sie direkt neben einem Ameisenhaufen saß, der sich vor dem Baumstamm auftürmte. Hastig wischte sie die kleinen Tiere von Beinen und Schuhen, setzte sich ans andere Ende des Stamms.

Ihr Blick blieb an einer Waldameise hängen, die versuchte, einen toten Maikäfer fortzuziehen. Sie hatte ihn mit den Kiefern gepackt, bewegte ihn mit beträchtlicher Kraft vorwärts, rückwärts, als galt es um alles in der Welt, die Beute in den Bau zu bringen. Eine zweite Ameise kam ihr zu Hilfe, gleich darauf eine dritte, vierte, und mit vereinten Kräften gelang es ihnen schließlich, den Käfer wie zum letzten Geleit über den feuchten Untergrund zu zerren, zur hungrigen Brut.

Sie hob den Kopf, blickte zum Bergmassiv des Sandlings. Sein Inneres barg riesige Salzvorkommen, die der Gegend Reichtum, Wohlstand, seinen Menschen ein großes Maß an Freiheit und Unabhängigkeit bescherten. Schätze ganz anderer Art hatten die Nationalsozialisten vor Kriegsende tief in die Stollen gebracht. Konrad hatte von tausenden aus allen Teilen Europas geraubten, in hemmungsloser Gier zusammengerafften Kunstwerken von unermesslichem Wert berichtet. Die edelsten und wertvollsten Teile waren für ein nie erbautes Museum auserkoren worden, an dessen Plänen der Führer noch in seinem Berliner Betonbunker tüftelte, während sich auf den Straßen Kinder heranrückenden Panzern entgegenwarfen. So kam es, dass auf hastig errichteten Holzregalen Rembrandt neben Rubens, Tizian über Dürer, Da Vinci unter Michelangelo, Caravaggio auf Vermeer lag, in völliger Dunkelheit, nur von Salz und Stein umgeben. All diese Perlen europäischer Kultur wären beinahe von dem für seine Brutalität berüchtigten Gauleiter Eigruber für immer der Nachwelt entrissen worden, hätten sich nicht einige Mutige dem Plan zur Vernichtung entgegengestellt.

Eigruber hatte mehrere Fliegerbomben in den Stollen bringen lassen, geballte Sprengkraft, die das gesamte Salzbergwerk zum Einsturz bringen sollte. Mit eigenen Augen hatte Konrad beobachtet, wie Bergarbeiter abends die Bombenkisten unter Lebensgefahr wieder aus dem Bauch des Berges herausgeschafft hatten. Die Mission gelang, die Stolleneingänge wurden vorsorglich gesprengt, und als wenige Tage später amerikanische Soldaten das Bergwerk betraten, trauten sie ihren Augen nicht angesichts des unermesslichen Reichtums an Schätzen.

Langsam wurde Ana wieder wohler zumute. Ihr Mund aber war staubtrocken, und sie verspürte brennenden Durst. Sie beschloss, noch rasch das Helkantgut zum Auffüllen ihrer Feldflasche aufzusuchen, das sie bereits von einem früheren Besuch kannte und das sich unweit entfernt an der Waldgrenze befand. Niemand wusste mehr, welche Geschichte sich hinter der Bezeichnung verbarg, seit eh und je hatte jedes Gehöft in der Gegend seinen eigenen, ihm zugewiesenen Namen, über Generationen vererbt. Einsam und ein wenig versteckt stand das Gebäude an der Gabelung eines Grabens, über den eine Holzbrücke führte, gerade groß genug, dass ein Wagen darüberfahren konnte. Ein moosbedeckter Felsblock ragte dort hochkant auf, an dessen Fuß sich Eisenhut der Sonne entgegenstreckte.

Beim Betreten des Hofes drang wütendes Hundegebell aus dem Haus. Zögernd blieb Ana stehen, ging weiter zum Brunnentrog vor dem Hauseingang, wo sie mit gewölbter Hand ihren Durst stillte. Das Hundegebell war verstummt. Nur das leise Plätschern des Wassers füllte den Hof mit gleichmäßigem Klang. Sie horchte auf, glaubte, aus der Richtung des Stalls Schreie eines Babys zu vernehmen. Dann füllte sie ihre Flasche, richtete ihr Kopftuch, ging am Stallgebäude vorbei, an dessen Mauer mehrere Kübel standen, die bestialischen Geruch verströmten. Davor zog sich eine frische Blutspur über den Boden, von einem Meer an Fliegen übersät. Jetzt erblickte sie die Bäuerin. Wie versteinert saß sie auf einer Holzbank vor dem Schuppen, im Schatten des abgeblühten Fliederbusches. Das Kinn gesenkt, die Augen geschlossen, schlief sie oder döste nur, in Gedanken an ihre Söhne vielleicht, von denen sie einen in Russland verloren hatte. Der Zweite galt, wie ihr die Bäuerin erzählt hatte, seit langer Zeit als verschollen.

Wieder hörte sie Hundegebell. Gleich darauf stürmte der Schäferhund um die Ecke des Hauses, rannte geradewegs auf sie zu. Sie erstarrte, wich zurück, stolperte, stürzte auf den plattgedrückten Erdboden. Bevor sie aufstehen konnte, war der Hund schon über ihr, knurrte sie mit gefletschten Zähnen an. Ana roch seinen strengen Atem, spürte seine Anspannung, ihren eigenen Herzschlag in den Ohren pochen. Im Lager hatte sie mitansehen müssen, wie der Kommandant ausgemergelten Kindern Brotstücke zugeworfen hatte, um ihnen, sobald sie danach langten, seine beiden Rüden an den Hals zu hetzen. Es folgte ein Kampf, der ungleicher nicht sein konnte, verfolgt von stummen Blicken der Wärter. Einer hatte ihr gesagt, dass man attackierenden Hunden niemals in die Augen blicken durfte, und schützend hielt sie ihren Arm vors Gesicht, zog die Beine an, schrie um ihr Leben. Schon meinte sie, die Zähne des Angreifers an ihrer Gurgel zu spüren.

Ein schriller Pfiff gellte über den Hof. Ehe Ana wusste, wir ihr geschah, sauste ein Stock durch die Luft und traf den Hund mit voller Wucht auf die Schnauze. Kläglich jaulte er auf, ließ augenblicklich von ihr ab. Sie wartete, nahm vorsichtig ihren Arm vom Gesicht, sah roten Speichel aus dem Maul des Hundes tropfen. Verstört rannte er noch eine Weile auf und ab, bevor er das Weite suchte. Die Bäuerin, die neben ihr stand, hatte ihr die Hand gereicht, zog sie hoch, klopfte Staub von ihrer Kleidung. Sichtlich betroffen entschuldigte sie sich für den Vorfall und bat Ana ins Haus, die die Einladung nicht ausschlagen konnte. Während sie in der Stube Milch und gebackene Holunderblüten aufgetischt bekam, sah sie eine Parte auf der Anrichte im Herrgottswinkel stehen, auf der das ernste, hagere Gesicht eines Mannes abgebildet war. Ihr Blick war der Bäuerin nicht entgangen. Mit leiser Stimme begann sie, vom tragischen Schicksal ihres Gatten zu erzählen.

Wenige Tage, bevor die Amerikaner im Ort eingerückt waren, hatte sie ihn frühmorgens auf dem Heuboden gefunden, mit einem Seil um den Hals. Im ersten Moment wollte sie nicht wahrhaben, dass er sich nicht mehr bewegte, stützte ihn mit ihren Schultern, bis sie ihn nicht mehr tragen konnte. Erst nachdem sie den Strick durchtrennt hatte, er leblos, mit aschfahlem Gesicht vor ihr lag, wurde ihr schmerzhaft bewusst, dass sie einen weiteren geliebten Menschen an das verhasste Regime verloren hatte. Auf seiner Jacke, die er fein säuberlich neben den Schuhen am Boden platziert hatte, lag sein Abschiedsbrief. Er musste gewusst haben, dass sie ihn finden würde, denn wie jeden Morgen war sie um dieselbe Zeit im Stall gewesen. Ihr Hund hatte angeschlagen, war aufgeregt unterhalb der Heubodenluke hin- und hergerannt. Mit einem wachsenden Gefühl der Beklommenheit war sie die Leiter hochgeklettert, hatte zuerst nur den Strick gesehen, der auf dem Balken befestigt war.

Der Brief bestätigte, was sie in schlaflosen Nächten erahnt und verdrängt hatte. Nun wusste sie, warum ihr Mann häufig verschwunden war, ohne je darüber ein Wort zu verlieren. In wenigen Sätzen hatte er seine Kollaboration mit Gestapo, Gendarmerie und SS gestanden, ihr geschrieben, über Jahre hinweg Verstecke von Partisanen verraten, Freunde denunziert zu haben. All das hatte er nur getan, um bei Frau und Hof bleiben zu können, einem angedrohten Einsatz an der Front zu entgehen. Nach seinem Tod hatte sie sich eine Zeitlang kaum noch unter die Augen der Menschen gewagt, so sehr schämte sie sich für seine Taten. Manchmal, in dunklen Stunden, dachte sie daran, sich das Leben zu nehmen, konnte den Gedanken nicht ertragen, Witwe eines Verräters zu sein. Aber sie wusste, dass es jemanden geben musste, der sich um Hof und Tiere kümmerte, sein Grab pflegte, und es gab ihren Sohn, der vielleicht irgendwann zurückkehren würde aus einem fremden Land, um zumindest seine Mutter lebend vorzufinden.

Beim Aufbruch hatte ihr die Bäuerin Topfen und Augentrost zur Behandlung mitgegeben. Fast war Ana die überschäumende Gastfreundschaft unangenehm, der sie nichts entgegenzuhalten hatte außer Worte des Danks.

Wie vom Arzt prophezeit, klang die Entzündung rasch ab. Obwohl sie noch immer einen Fremdkörper auf der Hornhaut spürte, konnte sie ihr Lid bald wieder ohne starke Schmerzen offenhalten. Auch die Rückenschmerzen hatten sich gelindert, und selbst im Garten zeigten sich Spuren der Erholung, wo sich viele der vom Unwetter in Mitleidenschaft gezogenen Pflanzen aufzurichten begannen. Einzig Dim siechte seit dem Hagelschlag dahin. Er ließ sich nicht mehr angreifen, fraß schlecht, lag stundenlang teilnahmslos im Ofenloch, aus dem heraus er sich dann und wann mit wehklagenden Lauten meldete. Sein rechtes Hinterbein schien verletzt, ließ Ana vermuten, dass ihm während des Unwetters etwas zugestoßen sein musste. Da er bei jeder ihrer Annäherungen die Ohren anlegte, fauchend seine Zähne zeigte, wusste sie sich nicht anders zu helfen, als ihm Futter und Wasser hinzustellen und in Frieden zu lassen.

Nach dem Arztbesuch war sie noch einmal im Tal gewesen, um Vera zu treffen. Schon bei den vorangegangenen Zusammenkünften hatte ihre Freundin angedeutet, dass die Weiterreise nach Salzburg in greifbare Nähe gerückt war. Beim Spaziergang am Seeufer, entlang steil ins Wasser stürzender Felswände, hatte sie ihr dann einen Brief von Damir überreicht, einem Verwandten von Anas Mutter, der von klein auf schützend seine Hand über sie gehalten hatte. Während des Krieges war er von Zagreb nach Salzburg gelangt, wo er seither als Seelsorger tätig war. Angespannt öffnete sie das Kuvert, las seine Worte mit sich erhellender Miene.

Meine liebe Ana!

In meinem letzten Brief schrieb ich dir noch, dass wir mit viel Geduld wie die Sonnenstrahlen im Frühling wachsen sollen. Seither habe ich dich jeden Tag in meine Gebete eingeschlossen. Ich weiß, welch schwerer Prüfung du dich gerade unterziehst, nach all dem, was geschehen ist. Wir Überlebenden einer erbarmungslosen Zeit wissen, wie dankbar wir sein müssen für jeden Tag, den wir in Frieden und Freiheit verbringen dürfen. Mit diesem Wissen ist das Kreuz auf unserer Schulter zumindest leichter zu tragen.

Wie sehr freue ich mich jetzt, dir endlich von einem Ende des langen Wartens berichten zu können. Die Vorbereitungen für deine Reise laufen auf Hochtouren, und wir geben hier unser Bestes, dich in Kürze bei uns willkommen zu heißen. In dieser leidgeprüften Zeit, wo unser Land sich immer mehr abkehrt vom rechten Glauben und unsere Schwestern und Brüder einen schier aussichtslosen Kampf führen gegen die Mächte des Bösen, soll dir dieser Brief eine leuchtende Flamme sein. Bald schon werde ich dich am Bahnhof erwarten, liebe Ana! Grüß mir einstweilen das reizvolle Aussee, in dem ich so wunderbare Stunden verbringen durfte. Und wenn ich schreibe, dass der Abschied naht, sind das ermutigende Worte der Ankunft.

Auf bald also, liebe Ana, und sei gegrüßt

dein Damir

Sie sah ihren Freund vor sich stehen, wie er sich von ihr verabschiedet hatte bei seinem letzten Besuch im Lager, spürte die warme, feste Umarmung. Ganz deutlich erinnerte sie sich seiner Worte, dass sie sich bald in Freiheit wiedersehen würden, und hoch und heilig hatte sie ihm damals versprechen müssen, das Lager so rasch wie möglich zu verlassen. Lange waren sie im Licht der Abendsonne gestanden, hatten geredet, geschwiegen, sich sorgenvoll in die Augen gesehen.

Während sie Vera den Brief noch einmal vorlas,

spürte sie freudige Erregung und Unbehagen zugleich. Fast ein Jahr hatte sie im Jagdhaus verbracht, stets in der Hoffnung, es bald verlassen zu können. Jetzt, wo es endlich so weit war, fühlte sie sich fast ein wenig überrumpelt. Aber sie wusste, dass es kein Halten gab, kein Zurück, das Ziel ihrer Reise noch in weiter Ferne lag.

Einige Tage später, sie war gerade in der Kammer gewesen, um ihre Kleider zu sortieren, klopfte jemand an die Eingangstür. Sie trat ans Fenster, sah Konrad unten stehen, dessen Körper sich kaum von der Dämmerung abhob. Sie wartete eine Weile, hörte noch einmal lautes Pochen. Dann öffnete sie ihm, tischte Brot, Speck und Wein auf. Wie ausgehungert aß Konrad, trank hastig vom Wein.

Nachdem er gegessen hatte, ohne viel Worte zu wechseln, ging sie in die Schlafkammer und dimmte das Licht der Petroleumlampe am Nachttisch. Sie wartete eine Weile, hörte ihn gleich darauf schweren Schrittes die Treppe hinaufsteigen. Auf halber Höhe blieb er stehen, hustete wie in einem heftigen Anfall, ging weiter, bis er an der Schwelle stand. Seit er zum ersten Mal bei ihr gewesen war, wusste er, was zu tun war, hatte gelernt, ihren Anweisungen Folge zu leisten.

Sie nickte ihm zu, und er betrat den dämmrigen Raum, der nach Zirbe duftete. Vor dem Tisch entkleidete er sich, hängte sein Gewand über die Stuhllehne. Sie ließ ihn dort eine Weile stehen, ohne ihn anzusehen, schlug die Decke zurück. Signal für ihn, weiterzugehen. Fast schamhaft huschte sein Blick über den nackten Körper, und deutlicher als sonst schien er die Wand zu spüren, die zwischen ihnen lag, was sein Verlangen nur noch steigerte. Langsam ließ er seine Hand über ihr Kinn zu den Brüsten gleiten, küsste ihr Schlüsselbein, die kühle Schulter, hielt vor dem Hals, um den sie ihr Tuch gebunden hatte. Nicht ein einziges Mal hatte sich danach erkundigt, weshalb sie es nie abnahm, wusste, dass er keine Antwort erwarten konnte, nicht dazu und zu anderen Dingen, denen sie ihr Schweigen entgegensetzte.

Als er sie an einem kühlen, nebelverhangenen Maitag zum ersten Mal gesehen und ihr angeboten hatte, das Gepäck hinaufzutragen, hatte sie dankend zugestimmt. Beim Verabschieden lehnte Konrad das Geld ab, das sie ihm zustecken wollte. Grußlos hatte er das Jagdhaus verlassen, das am Weg zum Salzbergwerk lag, jenem Ort, der seit seiner frühen Jugend zu seinem zweiten Zuhause geworden war. Bald darauf war er wieder mit gefülltem Rucksack vor ihrer Tür gestanden.

Aus dem Erdgeschoß drang ein polternder Laut. Sie merkte, wie sich Konrads Körper anspannte. Im Widerstand, dem er angehörte, hatte jedes noch so leise Geräusch den Tod bedeuten können, und obwohl bereits ein Jahr zwischen Krieg und Frieden lag, war er noch immer in ständiger Alarmbereitschaft. Aber auch Ana war verunsichert, horchte in die Stille. Kurz darauf hörten sie jemand tapsenden Schrittes die Stiege heraufsteigen. Dim steckte seinen Kopf durch den Türspalt, begann kläglich zu miauen. Etwas verloren lag Konrad auf dem Bett, bis Ana aufstand, Dim packte und vor die Tür stellte.

Dann ging sie wieder zu Konrad. Sanft strich sie über seine Hoden, knetete sie, hörte seinen schnellen Atem. Als er sie angreifen wollte, stieß sie seine Hand zur Seite, und wie auf ein stummes Kommando drehte er sich jetzt auf den Rücken. Deutlich traten die Rippen aus seinem hageren Körper, auf dem die Arbeit in der Salzmine Spuren hinterlassen hatte. Sie setzte sich auf ihn, begann ihn zu reiten, legte ihre Hände auf seinen Hals, drückte die Finger tief in seine Haut.

Bevor er kam, brach sie abrupt ab. Er aber schien damit gerechnet zu haben, denn ohne das geringste Anzeichen von Verwunderung stieg er vom Bett, nahm sein Glied in die Hand, rieb es, sah ihr ins Gesicht, auf ihre Brüste, schnaufte, bäumte sich auf, bevor er wie erlöst neben sie auf die Matratze sank. Ana stand auf, wusch den Samen vom Leib. Auffordernd sah sie Konrad an. Er seufzte im Wissen, dass die Zeit für den Aufbruch gekommen war.

Einmal hatte er sie spätabends besucht, sich wie gewohnt an den Tisch gesetzt, gegessen, getrunken. Als sie miteinander schliefen, war ein Unwetter aufgezogen, das noch wütete, als sie ihn zum Gehen aufforderte. Konrad hatte gebeten, bei ihr übernachten zu dürfen, seine Augen kaum noch offenhalten können. Ana aber war stur geblieben und hatte ihm die Tür gewiesen.

Während er sich anzog, seine Hosenträger wie Schlangen von ihm herabbaumelten, ging sie nach unten, packte einige Gläser Löwenzahnhonig ein, die sie ihm beim Verabschieden sichtlich bekümmert in die Hand drückte. Sie sah ihm nach, bis der Lichtkegel seiner Taschenlampe hinter den Bäumen verschwunden war.

Als er das Jagdhaus wenige Tage später wieder aufsuchte, mit einem Rucksack voll Brot, Fleisch, Kaffee und anderer Nachkriegskostbarkeiten, waren die Fensterbalken geschlossen. Unter der Holzbank vor der Eingangstür fand er Dim, die Vorderpfoten von sich gestreckt. Mit halbgeöffneten Augen und leerem Blick lag er da, wie wenn er mit sich und der Welt abgeschlossen hätte. Erst bei genauerem Hinsehen merkte er, dass sich der ausgemergelte Körper nicht mehr bewegte. Nur der Wind, der durch das stumpfe, glanzlose Fell fuhr, verlieh ihm einen Hauch von Lebendigkeit. Er klopfte an die Tür, wartete, stellte seinen Rucksack ab. Mit wachsender Sorge ging er ums Haus, blickte durch ein Loch im Balken ins Innere. Der Hirschkopf hing wie eh und je über dem eichenen Esstisch, stummer Wächter der Stube.

III

Abgestreifte Tage

Salzburg hatte sie nach ihrem Jahr in der Stille mit einem Getöse empfangen, das wie ein heftiges Gewitter über sie hereingebrochen war. Kurz nach ihrer Ankunft umfing sie ein Durcheinander von Motorgeräuschen der Busse, Lastwagen, Autos, Militärjeeps, Motorräder, das Quietschen und Kreischen der Straßenbahn, Klackern der Kutschen, Klingeln von Fahrradglocken, Stimmen umherirrender Menschen, Marktschreier, Schwarzhändler, Bettler. Das Schlagen und Läuten zahlloser Kirchenglocken lieferte sich einen unerbittlichen Wettkampf mit dem Lärm von Werkzeugen und schwerem Gerät, das zum Abtransport des Bauschutts der von Fliegerbomben skelettierten oder gänzlich vernichteten Gebäude verwendet wurde, die immer noch als Narben an zahlreichen Stellen der Stadt prangten.

Als Ana dem Zug entstieg, wurde sie schlagartig in eine Welt katapultiert, die augenscheinlich noch nicht lange den Klauen des Krieges entkommen war. Wo ein überdimensioniertes Schild mit der Aufschrift *Räder müssen rollen für den Sieg* längst in Trümmer zerfallen war, noch wenige Monate zuvor ein Trichterfeld mit Schienenstücken, Weichenteilen und zerstörten Waggons den Verkehr gänzlich zum Erliegen gebracht hatte, war zumindest alles wieder so weit instandgesetzt, dass Züge ein- und ausfahren konnten. Männer in schmutzigen Gewändern, die Gesichter fahl und grau, lungerten auf den Bahnsteigen herum, musterten Ankommende, blickten müde zu Boden. Sie waren Teil derer, die als Entwurzelte im Meer der Nachkriegszeit trieben. Wie loses Treibgut wurden sie an Bahnhöfen angeschwemmt, Verwundete, Verstümmelte, ehemalige Kriegsgefangene, Rückwanderer, befreite KZ-Häftlinge, Displaced Persons, Menschen, die dort, wo sie blieben, um sich auszurasten von ihrer Odyssee, oft nicht mehr waren als geduldete Fremde.

Am Ende des Bahnsteigs befand sich eine kleine Ansammlung von Frauen und Männern mit erwartungsvollen Mienen. Sie schienen die Einfahrt eines Zuges mit Heimkehrern abzuwarten, in der Hoffnung, bald ihre Angehörigen in die Arme schließen zu können oder zumindest ein Lebenszeichen von ihnen zu erhalten. Einige hatten ihre Kinder mitgebracht, die herumliefen, lachten, Ventile in der angespannten Stimmung.

Anas Blick blieb an zwei abgemagerten Buben hängen, die sich an eine zierliche Frau klammerten.

Mit ihren stark geröteten Augen und eingefallenen Wangenknochen wirkten sie dem Tod näher als dem Leben, Kinder der Zeit, in der jede Kalorie auf die Goldwaage gelegt wurde. In unaufhaltsamen Wellen strömten in diesem Hungerjahr Menschen in die Stadt, suchten in Abbruchhäusern, Kellerlöchern und Baracken Unterschlupf, ließen Salzburg einer eroberten Festung gleichen, deren Vorräte längst zur Neige gegangen waren. Die Einwohner hatten die Schuldigen für das Elend rasch ausgemacht, denn Flüchtlinge und Überlebende der Vernichtungslager wurden bei Zuteilungen von Lebensmitteln bevorzugt. Man beklagte, die Fremden würden fettgefüttert, während die eigenen Kinder kläglich verhungerten.

Der Kleinere der beiden Buben trug einen zerschlissenen Teddybären in seiner Hand. Holzwolle quoll aus seinem Bauch, und der Filz an Händen und Füßen war stark abgenutzt. Schwer hing sein Kopf nach vorn, schien nur noch an einem einzelnen Faden zu hängen. Für einen Moment sah sie der Bub an, als sie an ihm vorüberging. Seine Augen waren leblos wie die Glasknöpfe des Bären, jeder Funke darin erloschen, als hätte er mit sich und der Welt längst abgeschlossen. Ana war dieser Ausdruck aus dem Lager vertraut, Blicke kleiner Wesen, deren gesamtes Denken und Fühlen um Essen kreiste, sie nicht schlafen ließ. Den Kindern hinter Stacheldraht hatten die wurmigen Bohnen, gekeimten Kartoffeln, wässrigen Suppen nicht gereicht, um ihre Bäuche satt zu bekommen. Ihre Knochen zeigten bald nur noch Ansätze von Fleisch, und wie Schleifpapier begann die lederne Haut an ihnen zu scheuern. Ausgezehrt von Durchfall und anderen Erkrankungen fehlte vielen die Kraft, um nach Nahrung zu flehen, sie verfielen in Apathie, wälzten sich nach Atem ringend auf dem Boden. Jene, die noch Kraft hatten, zu weinen, galten als die Glücklicheren.

Um zumindest irgendetwas zwischen den Zähnen zu haben, rissen die kleinen Gefangenen aus der Erde, was zu finden war, Brennnesseln, Kamillenblüten, ihnen unbekannte Pflanzen, deren Giftigkeit sie erst zu spüren bekamen, als es zu spät war. Am Schlimmsten aber war der quälende Durst an heißen, schwülen Tagen, der sie fast um ihren Verstand brachte. Wie Tiere wurden sie zu Lacken getrieben, wo sie sich niederknieten, vom schmutzigen Wasser tranken. Oft hatte Ana den Kindern vom Brunnenwasser zu trinken gegeben, nachdem sie sich vergewissert hatte, dass Toma nicht in der Nähe war, ein Frater des Franziskanerordens, der kurz nach ihr ins Lager gekommen war, bald schon seine teuflische Fratze offenbarte. Einmal war sie unaufmerksam gewesen, hatte einem kleinen Buben frisches Wasser gereicht, ohne sich vorher umzusehen. Sie hatte seine Schreie nicht mehr ertragen, die durch Mark und Bein gingen, nicht und nicht verstummen wollten. Toma, der gerade beim Mittagessen auf der Terrasse gesessen war, hatte sie beobachtet. Mit einem Mal warf er Gabel und Messer auf den Tisch, lief auf den Jungen zu, zog seinen Holzhammer aus dem Gürtel, den er ihm mit wuchtigem Schlag auf den Kopf schmetterte. Dann war er seelenruhig wieder zum Tisch zurückgegangen, hatte weitergegessen, während seine Helfer den reglosen Körper fortschafften. Er war es auch gewesen, der Ana später hinters Licht geführt hatte, sie zu einer folgenreichen Handlung verleitete, die ihr Leben für immer verändern sollte.

Ein untersetzter, mit dunklem Anzug gekleideter Mann, dessen Hemd von einem weißen Halskragen geschlossen wurde, drängte sich zwischen den Wartenden hindurch und ging zielstrebig auf Ana zu.

„Frau Sadak?" fragte er und wischte sich mit einem Tuch Schweißperlen von seiner Stirn.

Ana nickte, stellte ihre beiden Koffer ab.

„Ich bin Martin, ein herzliches Grüß Gott! Leider kann ich Ihnen keinen schöneren Empfang bereiten, denn wie Sie sehen, sind die Narben des Krieges noch immer nicht verheilt. Darf ich Ihnen zumindest die Koffer abnehmen? Wenn Sie erlauben, werde ich Sie zu Ihrer Wohnung bringen."

„Ich habe Damir erwartet. Ist er krank?"

„Keine Sorge, Damir geht es blendend! Allerdings verlangt die Kirche nach seinen Diensten, weshalb Sie mit mir vorliebnehmen müssen. Was meinen Sie, sollten wir eine Kleinigkeit zu uns nehmen, bevor wir zur Wohnung fahren? Sie sehen aus, als ob Sie etwas vertragen könnten!"

Kurz darauf betraten sie ein Gasthaus in der Nähe des Bahnhofs, das fast ausschließlich von älteren Männern besucht war, in Gespräche und Kartenspiele vertieft. Bierdunst, Rauch und der Dampf fettigen Essens lagen schwer in der Luft. Ana war erleichtert, als sie von Martin zu einem Tisch im Innenhof geführt wurde, wo sie unter dem Schatten von Platanen Platz nahmen. Hell blitzten Sonnenstrahlen durch die Blätter, zeichneten unruhige Muster auf das gesprenkelte Tischtuch. Hinter dem efeuumrankten Zaun erhob sich ein zerbombtes Gebäude, dessen Brandmauer sein entstelltes Gesicht wie eine Fratze dem Gastgarten zuwandte. Neben verrostenden Metallschränken lagen dort Betonstücke, aus denen bedrohlich Stahlstangen herausragten. Einzig eine behangene Wäscheleine und notdürftig mit Planen abgedeckte Fenster deuteten darauf hin, dass das Gebäude noch bewohnt war.

Gleich beim Verlassen des Bahnhofs waren sie an einer Bauruine vorbeigekommen, ein zerbombtes Luxushotel, das seine neue Bestimmung als Flüchtlingslager und Heimkehrerstelle gefunden hatte. Tag für Tag gaben sich hier Diplomaten, Fabrikarbeiter, Handwerker, Bauern, Beamte, Adelige und Kinder die Klinke in die Hand, froh über jede noch so kleine Hilfestellung. Aus den Oberlichten der blinden Fenster, hinter denen auf engstem Raum gehaust wurde, ragten Ofenrohre wie Beatmungsschläuche. Ein mächtiger Schutthaufen türmte sich darunter auf, auf dem Menschen in Mauertrümmern nach verwertbarem

Material suchten. Martin hatte ihr von Männern erzählt, die sich die Köpfe einschlugen wegen unver-
sehrter Toilettenbecken, berichtete von Armen und
Beinen, die aus dem Schutt gezogen wurden auf der
Suche nach Rohren und Leitungen.

„Darf ich den Herrschaften etwas zum Essen bringen?" Ohne eine Antwort abzuwarten, legte die Wirtin, eine schmächtige Frau mit dunklen Augenringen,
die Speisekarte auf den Tisch.

„Als Menü gibt es Erbsensuppe, gedämpftes Kraut
mit Kartoffeln und Sauce. Die Krautrouladen und der
Bohneneintopf sind heute leider schon aus." Sie zog
Besteck aus einem Körbchen, deckte auf, winkte einer Frau zu, die ihr vollbeladenes Rad auf dem Geh-
steig schob. Dann holte sie tief Luft.

„Stellen Sie sich vor, Herr Pfarrer, vergangene Woche habe ich endlich wieder Post von Helmut erhalten. Er schreibt, dass es ihm gut geht und dass er bald
heimkommen wird. Ich danke Gott, wenn er ihn mir
heil nach Hause bringt. Wenigstens Helmut soll er
mir lassen, wenn er mir schon beide – " Sie brach ab,
blieb unschlüssig am Tisch stehen, bevor sie wortlos
weiterging.

Eine junge Katze strich schnurrend um Anas Schuhe,
schmiegte sich an ihre Beine. Am Tag vor ihrer Abreise, als bereits alle Sachen gepackt im Vorraum
standen, hatte sie lange nach Dim gerufen, um sich
von ihm zu verabschieden. Er aber blieb im Wald

verschwunden, ließ sich auch am folgenden Morgen nicht blicken. Sie hatte ihm Milch und Essensreste unter die Holzbank im Freien gestellt, bevor sie die Haustür für immer ins Schloss zog.

„Ich wäre an Ihrer Stelle vorsichtig", warnte Martin, als sie die Katze am Kopf kraulte. „Es gibt zu viele herumstreunende Tiere in unserer Stadt, und man kann nie wissen, welche Krankheiten sie mit sich herumschleppen. Ein trauriges Zeichen unserer Zeit, dass manche von ihnen trotzdem in Pfannen landen."

Mit steil nach oben gespitzten Ohren trippelte die Katze zum Nachbartisch, wo sie herzzerreißend miaute. Da man ihr keine Beachtung schenkte, sprang sie mit einem Satz auf den Tisch, wurde gleich darauf von einem Schwall Wasser getroffen und flüchtete durch eine Lücke im Zaun.

Ana wischte eine Ameise weg, die über das fettige Papier der Speisekarte krabbelte. Auf zwei Seiten fand sich die mit Schreibmaschine abgetippte Auswahl, so spärlich, dass ihr die Entscheidung leichtfiel. Seit dem Frühstück hatte sie keinen Bissen zu sich genommen, und auch während der Zugfahrt wollte kein rechter Hunger aufkommen, denn die Hitze im Waggon war ebenso unerträglich gewesen wie der Gestank nach menschlichen Ausdünstungen und der scharfe, bittere Geruch des Rauchs der Lokomotive, der bei geöffneten Fenstern hereingeströmt war, sich als Ruß auf Körper und Gewand festsetzte. Ihre Beine waren von der langen Reise schwer geworden, der

Rücken schmerzte, und sie fühlte sich leer und ausgelaugt. Da sich ihr Hunger auch jetzt noch in Grenzen hielt, bestellte sie Kraftsuppe mit Einlage. Martin quittierte achselzuckend ihre Wahl und entschied sich für Selchfleisch mit Knödeln.

Nachdem das Essen serviert worden war, erzählte er ihr von der Wirtin, die das Gasthaus seit dem Einrücken ihres Mannes alleine führte. Kurz nach Kriegsende hatte sie Nachricht erhalten, dass der lang als verschollen Geglaubte lebte, in einem italienischen Gefangenenlager interniert war. Die beiden hatten sich mehrere Briefe geschrieben, doch in keinem hatte sie es übers Herz gebracht, ihn über den Tod seiner innig geliebten Tochter in Kenntnis zu setzen.

Das Mädchen war beim Schlittschuhlaufen auf einem städtischen Weiher ins Eis eingebrochen. Obwohl sie rasch aus dem eiskalten Wasser gezogen werden konnte, man ihren unterkühlten Körper wiederbelebt hatte, waren so schwere Hirnschäden zurückgeblieben, dass sie fortan häuslich betreut werden musste. Eines frühen Morgens war dann ein Bus mit verdunkelten Scheiben vor dem Haus gestanden. Zwei Männer waren ausgestiegen, im Haus verschwunden, hatten das sich mit Händen und Füßen wehrende Mädchen in den Wagen gezerrt. Wohin die Reise ging, erfuhr ihre Mutter in einem knappen Schreiben, in dem man mitteilte, dass ihre Tochter *aus kriegswichtigen Gründen* in eine Anstalt gebracht worden war. Versuche, nähere Auskunft zu erhalten, wurden abgeschmettert, *Nachfragen jeder Art strikt untersagt.* Drei Wochen später folgte ein zweites Schreiben, in dem man bedauerte, dass das Mädchen *völlig unerwartet an einer Herzmuskelentzündung verstorben* war. Wie zum Hohn fanden sich am Ende des Briefes versöhnlich klingende Worte, stand geschrieben, dass die Tochter *vor lebenslänglicher Pflege bewahrt* worden sei, man ihren Tod daher *nur als Erlösung* sehen könne und die Urne *zum kostenlosen Versand* bereitstehe.

„Damit haben sie der Mutter das Herz gebrochen", sagte Martin und leckte vorsichtig den Schaum von seinem Bier. „Vor dem Krieg war sie das blühende Leben. Jetzt sehen Sie ja selbst, wie es um sie bestellt ist."

„Und Sie leisten ihr Beistand?", fragte Ana. Martin nickte.

„Sie hat die Hoffnung nicht aufgegeben und ist noch immer bereit, Gottes Hilfe anzunehmen."

„Mutig von ihr, weiterzuleben, nach all dem", sagte Ana und fischte eine Mücke aus dem Glas.

Während sie ihre Suppe löffelte, merkte sie, wie sie zwei Männer am gegenüberliegenden Tisch anstarrten. Die beiden waren elegant angezogen, bloß hatte das Hemd des einen zu kurze Arme, die Hose des anderen zu lange Beine, und beide trugen Schuhe, die aussahen, als hätten sie eine Reise um die Welt hinter sich. Ein kleiner Hund döste unter ihrem Tisch, zuckte mit den Ohren, wenn sich eine Fliege daraufsetzte.

„Flüchtlinge auf der Durchreise", sagte Martin, der ihrem Blick gefolgt war. „Sie sind keine gern gesehenen Gäste. Wissen Sie, viele Menschen unserer Stadt fühlen sich wie wahre Samariter, hängen das gerne an die große Glocke. Aber sobald jemand bei ihnen zuhause anläutet, mit bittenden Händen an der Schwelle steht, fällt die Tür schnell wieder ins Schloss. Für beachtlich viele sind die Flüchtlinge arbeitsscheue Kriminelle, die unser Land in den Ruin treiben. Vor kurzem haben einige das Fass fast zum Überlaufen gebracht, als sie beim Stehlen von Kartoffelsäcken aus einem Lager ertappt wurden. Sie hatten Glück, nicht gelyncht zu werden. Leider haben die Armut und der Hunger unsere Stadt noch immer fest im Würgegriff. Kinder werden zum Betteln und Stehlen auf die Straßen geschickt, um nicht zu verhungern. Manche Frauen opfern ihren Körper für einen einzigen Brotlaib, nur, damit ihre Kleinen etwas zwischen die Zähne bekommen."

Er sah zu den Männern, stieß einen Seufzer aus.

„Die zwei sind nur ein harmloser Vorgeschmack. Warten Sie ab, bis Sie die Stadt richtig kennengelernt haben. Hier verkehren auch Menschen ganz anderen Schlags, lichtscheue Elemente, Diebe, Vergewaltiger, Plünderer, Schleichhändler, Mörder, korrupte Polizisten. Selbst unter unseresgleichen gibt es genug schwarze Schafe. Wenn ich Ihnen einen Rat geben darf: Seien Sie wachsam und nach Anbruch der Dunkelheit zuhause. Man soll sein Schicksal nicht herausfordern."

Nach dem Essen lud Martin die Koffer ins Auto, das er unweit des Gasthauses geparkt hatte. Beim Einsteigen horchte Ana wegen eines dumpfen Knalls auf, der in einiger Entfernung zu vernehmen war.

„Ein Blindgänger", meinte Martin wie nebenbei. „Vielleicht auch Kinder, die mit Kriegsrelikten gespielt haben. Manchmal finden sie vom Volkssturm weggeworfene Waffen, versuchen, das Pulver herauszuholen, und schon ist es um sie geschehen. Der Krieg, Frau Sadak, ist noch lange nicht zu Ende."

Auf dem Weg zur Wohnung waren Spuren der Verwüstung allgegenwärtig. Bauruinen und mit Wasser gefüllte Bombenkrater ließen nur in Ansätzen erahnen, welchem Schrecken die Bewohner während der Angriffe ausgesetzt gewesen waren. Kaum einer hatte sich in seinen schlimmsten Träumen vorzustellen gewagt, dass die Stadt eines Tages von Bomberverbänden angegriffen würde, zu sehr hatte man an den schützenden Zauber der Festspiele geglaubt, die magische Kraft Mozarts, dessen bronzenes Abbild auf sicherem Sockel ruhte. Kurz vor Kriegsende hatte eine Fliegerbombe nur wenige Meter entfernt ein tiefes Loch in den Boden gerissen. Tausende anderer Sprengkörper, aus sicherer Höhe abgeworfen, brachten sofortigen Tod und Vernichtung, und noch immer schlummerten viele von ihnen als Blindgänger an verborgenen Plätzen, hielt die gespannte Feder in ihrem Inneren. Trotz der vielen Toten und Verwundeten sprach man von Glück im Unglück, war doch die Altstadt zumindest ansehnlich genug geblieben, um rasch wieder Gäste anzulocken.

Über eine schmale Zufahrtsstraße erreichten sie das Haus, in dem sich die Wohnung befand, ein dreigeschossiger Bau, unweit des Flusses zwischen zwei Wiesen gelegen. Eine wuchtige Tanne überragte das Gebäude, weckte in Ana Erinnerungen an ihre Zeit im Jagdhaus, die ihr fast schon in unwirklicher Ferne schien.

Nachdem Martin das Auto geparkt hatte, lud er das Gepäck aus dem Kofferraum. Beim Hauseingang stand ein Mädchen mit geflochtenem Puppenwagen, versuchte vergeblich, ihn über die Schwelle ins Freie zu schieben. Ana eilte ihr zur Hilfe, während das Mädchen Martin von oben bis unten musterte.

„Gehst du in die Kirche?", fragte sie und sah ihn neugierig an. Er strich ihr über die schwarzgelockten Haare.

„Dort war ich heute schon. Und jetzt muss ich stark sein wie ein Riese, damit ich die Koffer in den zweiten Stock hinauftragen kann."

Das Mädchen nickte, schob das quietschende Gefährt an Ana vorbei. Beim Blick in den Wagen sah sie die Puppe darin, die, einem toten Säugling gleich, auf einer weißen Decke aufgebahrt war.

Im zweiten Stockwerk stellte Martin, nach Atem ringend, die Koffer auf den Boden. Unbeholfen suchte er nach dem Wohnungsschlüssel, konnte ihn nirgendwo finden. Mit rötlichen Flecken im Gesicht entschuldigte er sich und hastete die Stufen hinab, um im Auto nachzusehen. Ana wartete eine Weile. Da er nicht zurückkam, stieg sie einen Halbstock tiefer, wo sie durch einen Fensterspalt das Mädchen beim Spielen beobachtete. Es hatte, wie ihr erst jetzt auffiel, Ähnlichkeit mit der Tochter ihrer Schwester Natalija, dasselbe schmale Gesicht, dieselben dunklen, lockigen Haare, die sie schulterlang trug wie ihre Nichte bei ihrer letzten Begegnung. Natalija war damals im siebten Monat schwanger gewesen, von ihrem Mann gedrängt worden, das Land zu verlassen. Als Angehöriger der Kroatischen Legion hatte er Seite an Seite mit der deutschen Wehrmacht gegen die heranrückenden Kommunisten gekämpft, zu einer Zeit, wo der Führerstaat bereits am Zerfallen, seine Einheit auf dem Rückzug war. Aus Angst vor Racheaktionen hatte Natalija Zagreb nach langem Zögern verlassen, war mit ihrer Tochter in eine ungewisse Zukunft aufgebrochen. Von damals stammte ihre letzte Nachricht.

Seither war über ein Jahr vergangen, blieben sie und ihre Familie wie vom Erdboden verschluckt, und jeden Abend versuchte sich Ana im Gebet vorzustellen, wie die Kinder jetzt aussehen mochten, wie sie spielten, sangen, schliefen.

Das Mädchen hatte den Puppenwagen mittlerweile zur Tanne geschoben. Es hob einen Zapfen auf, hielt ihn ins Wageninnere, als würde es einem Baby das

Fläschchen reichen. Dann schien es mit der Puppe zu sprechen, schob den Wagen langsam vor und zurück, hob mahnend den Zeigefinger, klopfte gegen das Flechtwerk. Bald schon schien das Spiel seinen Reiz verloren zu haben. Das Mädchen begann, Blumen, Grasbüschel und kleine Steine in den Wagen zu legen, versetzte ihm dabei versehentlich einen Stoß, sodass er sich selbständig machte, über die Böschung rollte, in einer Senke umkippte, wo sich sein Inhalt auf die Wiese entleerte.

Der Ruf einer Frau hallte durchs Stiegenhaus. Das Mädchen hielt inne, blickte nach oben. Noch mehrmals rief die Frau den Namen Sigrid, zuerst fragend, dann mit einer Stimme, die zunehmend verzweifelt klang. Ana hatte solche Rufe zuletzt im Lager gehört, als man Müttern ihre Kinder entriss, nachdem sie sie ein letztes Mal gestillt, die Größeren unter ihnen ein letztes Mal umarmt hatten. Schlimmer aber waren die wehklagenden Schreie der Kinder nach ihren Müttern gewesen, die erst nachließen, als ihre Körper langsam verfielen, jede Hoffnung in ihren Gesichtern verschwand.

Martin kam nach oben gelaufen. Gleich einer Trophäe hielt er den Schlüssel in die Luft, öffnete die Wohnungstür, wo ihnen schwerer, süßlicher Geruch entgegenschlug. Mit überschwänglichen Kommentaren führte er Ana durch Wohnzimmer und Schlafzimmer, zeigte ihr am Ende der Besichtigung die Küche, wo sich der Durchgang zum Bad befand.

„Leider ist es derzeit sehr ungemütlich in der Stadt", sagte er, während er sich erfolglos bemühte, den tropfenden Wasserhahn abzudrehen. „An vielen Orten müssen Menschen auf winzigem Raum ihr Auskommen finden. Sie haben hier eine Bleibe gefunden, um die man Sie wirklich beneiden darf. Wenn Sie sich weit genug aus dem Fenster lehnen, können Sie sogar die Festung sehen."

Besorgt fiel Anas Blick auf die Salzach, die einen hohen Pegelstand aufwies.

„Damir hat mich schon gewarnt vor dem vielen Regen", sagte sie. „Er scheint nicht übertrieben zu haben."

„Der Regen ist das geringste Übel", erwiderte Martin aufgebracht. „Mit ihm hat die Stadt zu leben gelernt. Sorgen bereiten mir die Menschen, die Gottes Liebe mit Füßen treten und ins Wasser gehen. Als wäre er ein Gott der Toten und nicht der Lebendigen. Erst vor einigen Tagen hat man wieder zwei Leichen aus dem Fluss gefischt."

Anas Miene verfinsterte sich für einen Augenblick. Sie folgte Martin ins Wohnzimmer, wo eine Pralinenschachtel und eine Flasche Likör auf dem Couchtisch hinterlegt worden waren. Daneben stand eine Vase mit gelbblühenden Lilien im hellen Licht der Sonne. Sie machten einen etwas verwelkten Eindruck, verbreiteten jenen penetranten Geruch, den sie beim Betreten der Wohnung wahrgenommen hatte.

„Sie gestatten", sagte Martin, setzte sich auf den

Fauteuil und wischte sich Schweiß von der Stirn. „Damir hat mir ja schon einiges über Sie erzählt. Aber er hat mir noch nicht verraten, wie lange Sie in unserer Stadt bleiben werden."

„Das weiß ich leider selbst noch nicht genau. Salzburg ist nur Station auf einer langen Reise."

Er nickte, lehnte sich zurück, betrachtete gedankenverloren die Pralinenschachtel. Sein Blick war Ana nicht entgangen. Sie öffnete die Packung, und mit einem Klopfen auf seinen Bauch langte Martin zu.

„Der Geist ist willig, aber das Fleisch ist schwach", sagte er. „Seien Sie versichert, dass ich jeden Tag eisern an mir arbeite."

Nachdem das dritte Stück in seinem Mund verschwunden war, bat er um Likör für die Verdauung. Dann stand er auf, zog ein Kuvert mit Geld, Lebensmittelkarten sowie eine Liste mit Namen und Adressen aus seiner Tasche, die er ihr gewichtigen Blickes in die Hand drückte.

„Damir hat an alles gedacht, was nützlich und hilfreich ist in nächster Zeit. Er ist ein helfender Engel, nicht wahr? Aber auch Engel sind nicht allmächtig. Von Zeit zu Zeit müssen Sie mit Stromausfällen rechnen. Und denken Sie bitte daran, dass alle Wege Ihrer Telefongespräche in die Abhörzentrale der Amerikaner führen. Sie sind uns wohlgesonnen, doch können ein paar falsche Sätze reichen, um in Teufels Küche zu kommen. Und jetzt lasse ich Sie allein. Gewiss werden Sie müde sein von der langen Reise. Ich freue mich jedenfalls, wenn Sie meiner Kirche bald einen Besuch abstatten!"

Als die Tür ins Schloss gefallen war, ließ sie die Lilien im Müll verschwinden und schaltete das Radio auf der Anrichte ein. Seit langem hatte sie keine klassische Musik mehr gehört, genoss umso mehr die Melodie einer Klaviersonate Beethovens, die sie zurückschweifen ließ in die Zeit vor ihrem Aufenthalt im Lager.

Nach Abschluss der Klosterschule hatte sie tageweise zwei Kinder eines wohlsituierten Ehepaars in Zagreb betreut, häufig Musikstücke zu hören bekommen, die ihr die beiden auf der Geige oder am Klavier vorgespielt hatten. Es waren fast idyllisch schöne Monate gewesen, die sie bei der Familie verbringen durfte, bevor sie eine fixe Anstellung in einem katholischen Erziehungsheim für Mädchen fand. Sie hatte die Arbeit vor allem ihrem Vater zuliebe gewechselt, der sich mit seinem kleinen Lederwarengeschäft mehr schlecht als recht über Wasser halten konnte und dem sie nicht länger zur Last fallen wollte.

Das Erziehungsheim lag in einer gottverlassenen Gegend am Stadtrand Zagrebs. Einst stolze Schokoladenfabrik, hatte das Gebäude während des Krieges als Lazarett gedient, war dann einige Zeit leer gestanden, bevor es die Stadt der Kirche vermachte. Im dunklen, noch immer leicht süßlich riechenden Erdgeschoss, in dem Putz von feuchter Mauer bröckelte, befand sich der Speisesaal, gerade groß genug, um allen Kindern Platz zu bieten. Dort saßen morgens, mittags und am frühen Abend mehr als sechzig Mädchen in Anstaltskleidung in einer derartigen Stille nebeneinander, dass sich der Klang eines zu Boden gefallenen Bestecks unheilvoll im Raum ausbreitete. Die Mahlzeiten waren kurz anberaumt und unter den gestrengen Augen der Schwestern einzunehmen. Wagte ein Mädchen, seine spärliche Portion nicht in vorgegebener Zeit aufzuessen, musste es sitzen bleiben, bis der Teller geleert war, selbst wenn er voll war mit Erbrochenem.

Einen Stock höher reihte sich im Schlafsaal ein Eisenbett an das andere. Auch hier galt nach dem Abendgebet das Gebot der Totenstille, über das eine Schwester, deren Bett nur durch einen Vorhang abgetrennt war, wie ein Schießhund aufpasste. Kam einem Mädchen nach dem Schlafengehen ein Wort über die Lippen, schlug die Diensthabende mit einem Stab so kräftig auf das Bettgestell, dass die Schlafenden aus ihren Träumen fuhren, die Wachenden ängstlich zusammenzuckten.

Anfangs hatte sie sich mit ihrer neuen Arbeit gut anfreunden können, wurde der gleichförmige Rhythmus täglicher Abläufe zur vertrauten Routine. Bald schon aber öffneten sich Falltüren ins Grauen, verstand sie, woher die blauen Flecken und Blutergüsse der Mädchen stammten, weshalb so viele von ihnen das Schweigen dem Sprechen vorzogen, nach und nach jeder Widerstand erlosch. Wer sich den Gesetzen des Hauses bedingungslos fügte, war errettet in den Augen der Schwestern. Wagte man aber, sich ihnen zu widersetzen, galt man als Ausgeburt der Hölle, wurde geprügelt, bis man nicht mehr sitzen konnte vor Schmerzen, und nicht wenige fanden sich zur Strafe unter eiskalten Duschen wieder oder in Besenkammern hinter verschlossener Tür.

Für die Mädchen wurde das Gebäude mit dem Durchschreiten des Eingangstors zu ihrem Gefängnis, dessen dicke Mauern so gut vor der Außenwelt abschirmten, dass kein Laut nach außen drang. Vom morgendlichen Erwachen bis in die nächtlichen Träume war Angst ihr ständiger Begleiter, und manche Ordensschwestern waren Teil davon, Augen und Ohren der Mauern. Fast meisterlich verstanden sie sich in ihrer Rolle gestrenger Gottesdienerinnen, die Zucht und Ordnung als oberste Regel hochhielten. Eine von ihnen, Schwester Biserka, mit der Ana von Anfang an über Kreuz gelegen war, stach besonders hervor in ihrer strengen Auslegung der Heimordnung. Tagsüber wachte sie mit Argusaugen über die Mädchen, und ihre Schläge gehörten zum täglichen Brot wie die Bibel, die sie stets bei sich trug, um sie jenen auf den Hinterkopf zu schlagen, die sich ihren Anweisungen zu widersetzen wagten. Nachts zog sie Ruhestörer an den Haaren hinaus auf den steinernen Flur. Stundenlang mussten sie dort unter dem monströsen Kruzifix ausharren, nur mit ihrem Nachthemd bekleidet, zitternd vor Angst, Scham und Kälte. Sie ermutigte Mädchen, zu spionieren, Heimbewohne-

rinnen zu denunzieren, unter Stockschlägen wurden
nie getane Dinge gebeichtet, um der Tortur ein rasches Ende zu bereiten.

Auch Ana selbst konnte vor Biserkas Angriffen niemals sicher sein, denn mit wachsendem Eifer versuchte sie, jeden kleinsten ihrer Fehler hochzuspie-
len. So tadelte sie einmal ihre Milde, herrschte sie
dann wieder vor den Kindern für ihre Hartherzig-
keit an, spann Intrigen bis hin zur Bezichtigung der
Blasphemie. Als Biserka merkte, dass sich Ana aufopfernd eines kleinen Mädchens annahm, das sich
mehr und mehr in sich zurückgezogen hatte, kaum
noch aß, meldete sie ihre Beobachtung der Oberin.
Nach einer gemeinsamen Messe wurden die beiden
zu ihr bestellt. Schweigend hörte sie sich ihre Darle-
gungen an, um festzuhalten, dass alle Kinder gleich
zu behandeln wären, man sie zu maßregeln und
züchtigen hätte, damit sie einem nicht über den Kopf
wachsen könnten.

Als das kleine Mädchen zwei Wochen später in
einer Blutlache im Stiegenhaus aufgefunden wurde,
kurz darauf seinen schweren Schädelverletzungen
erlag, wurde daraus kein großes Aufsehen gemacht.
Man bedauerte den vermeintlichen Unfall, wusste
die Lücke rasch mit einem neuen Kind zu schließen.

In dieser hermetisch abgeriegelten Welt versuchte
Ana, nicht abzustumpfen, sah eine Flucht in Gedanken als einzigen Ausweg, um dem dunklen Gemäu-

er zumindest für eine Weile zu entkommen. In den Pausen und beim Zubettgehen baute sie sich dazu ihre eigene Welt, in der sie Gänge des Gebäudes so verlegte, dass sie ins Freie führten, Kinder aus dem Heim holte, Biserka Bibelseiten in den Mund stopfte, anzündete, bis sie lichterloh brannten. Manchmal erschrak sie vor ihren abartigen Phantasien, konnte die schüchterne Frau nicht wiedererkennen, als die sie das Heim betreten hatte, selbst noch ein halbes Kind. Und doch schaffte sie es nur in Gedanken, sich gegen die verhassten Zustände zur Wehr zu setzen, wagte nicht, sich über die heilige Ordnung der Oberin zu erheben. Es bedurfte eines letzten Vorfalls, der ihr mehr denn je vor Augen führen sollte, warum man die Heimkinder wie Marionetten hinter Mauern hielt und ihren Willen brach im Namen des Herrn.

Eines Nachts wurde sie Zeugin, wie Biserka gemeinsam mit einer anderen Schwester Kinder aus dem Schlafsaal holte und über das Treppenhaus in den gewölbeartigen Keller des Hauses brachte. Heimlich folgte sie ihnen, beobachtete fremde Männer, die wie aus dem Nichts aufgetaucht waren, Mädchen auswählten, mit ihnen in Kellerabteilen verschwanden. Was sich dann vor ihren Augen abspielte, war so abstoßend, dass sie am folgenden Morgen im Bett blieb, es für mehrere Tage nicht mehr verließ. Fiebrig, mit starken Schmerzen in der Brust, schien ihr Körper gegen das Erlebte zu rebellieren. Sie konnte nichts mehr bei sich behalten, ließ keine der Erzieherinnen und Schwestern an sich heran.

Als sie sich endlich wieder so weit erholt hatte, dass sie zumindest aufstehen konnte, fasste sie sich ein Herz, ging zur Oberin, meldete das Gesehene, merkte an ihrer Reaktion, dass sie von den nächtlichen Vorgängen wissen musste. Es war Anas letzter Tag im Heim gewesen.

Die Rückkehr in ihr altes Zuhause war wie die Heimkehr in eine verlorene Zeit. Alles, was sie in ihrem Zimmer an ihre Kindheit erinnerte, schmerzte, stimmte sie traurig. Widerwillig begann sie, Dinge in Kästen und Kisten zu verstauen, wegzuwerfen, bis das Zimmer fast leergeräumt war. Ihre Schwester fand Ana häufig in Tränen aufgelöst auf dem Bett liegen, der Verzweiflung so nahe, dass sie befürchten musste, sie könne sich etwas antun. Auf Anas Wunsch schlief sie nachts bei ihr im Zimmer, zu übermächtig war die Angst, wieder im Heim aufzuwachen.

Ihr verändertes Verhalten befremdete nicht nur Natalija. Auch Anas Vater war besorgt, konnte und wollte nicht verstehen, weshalb sie ihren Arbeitsplatz so überhastet verlassen hatte. Er befand, ihr würde das nötige Rückgrat fehlen, das man brauche, um sich in einer heillosen Welt zu behaupten. Wie so häufig beim Monologisieren geriet er ins Schwärmen für ihre Schwester, sein leuchtendes Vorbild für ein rechtes Leben, und je länger er Natalija und ihre Tugenden rühmte, umso klarer wurde Ana, dass jedes ihrer Worte verlorene Mühe war.

Natalija war es dann gewesen, der sie sich anvertraut hatte. Wie ein aufgeschlagenes Buch hatte sie sich ihrer Schwester geöffnet, um sie daraus lesen zu lassen, und Seite für Seite drang ihre Schwester tiefer in ihren Albtraum ein, fand sich in einer Welt wieder, die sie sprachlos zurückließ. Am Ende der Schilderungen wagte sie Ana nicht in die Augen zu sehen vor Wut und Scham über das Geschehene.

Es war der erwachende Frühling gewesen, der Ana wieder öfter aus dem Haus gelockt hatte. Ihre Spaziergänge wurden von Mal zu Mal ausgedehnter, führten sie entlang des Ufers der Save hinaus zu den weitläufigen Grünanlagen des Jarun-Sees und in die malerische Welt des Maksimir-Parks, wo sie unter blühenden Magnolien Abstand suchte, Ruhe fand. Sie genoss es, die frische Luft aufzusaugen, fühlte sich mit jedem Atemzug freier, merkte, wie sehr ihr die Natur gefehlt hatte in den vergangenen Monaten. Die Orte, die sie aufsuchte, waren ihr gut vertraut, hatte sie dort doch viele unbekümmerte Stunden mit ihrer Mutter verbracht, als sonniges Geflecht in ihrem Gedächtnis gespeichert. Jede Weggabelung, jede Brücke, jede Skulptur wussten ihre eigene Geschichte zu erzählen, ließen sie eintauchen in Tage, an denen sie noch unbekümmert durch die Gegenwart schritt.

Getrübt wurde ihre Stimmung in jenen Wochen des Wiedererwachens vom Umbruch im Königreich Jugoslawien, in dem es seit geraumer Zeit gärte. Mit großer Sorge betrachtete sie die Umtriebe der Ustascha, die mit Messern, Revolvern und Bomben den Nährboden für einen baldigen Umsturz bereitete. Auch von jenseits der Grenzen ihres Landes drangen beunruhigende Nachrichten. Schon während ihrer Schulzeit hatten Berichte vom unaufhaltsamen Aufstieg Adolf Hitlers wie ein Lauffeuer um sich gegriffen, den sie anfangs noch in sicherer Verwahrung hinter den Grenzen seines eigenen Reiches gewähnt hatte. Aber sein Atem und der braune Dunst faschistischer Vasallen rückte näher, gleich dem giftigen Hauch eines Basilisken, der vernichtete, was sich ihm in den Weg stellte.

Dann war alles so plötzlich gekommen, dass sie wie von einer wuchtigen Woge gepackt und mitgerissen wurde. Nur wenige Tage, nachdem serbische Offiziere einen Staatsstreich vollzogen hatten, um gegen die deutschfreundliche Regierung ihres Landes ein Zeichen zu setzen, folgte Hitlers Antwort, stießen deutsche Soldaten blitzartig in ihre Heimat vor.

Am Karfreitag des Jahres 1941 wurde sie schließlich nach einem Gottesdienst in der Zagreber Kathedrale von bedrohlich anschwellendem Lärm empfangen. Wenige Schritte später fand sie sich inmitten einer riesigen Menschenmenge wieder, die deutschen Panzertruppen zujubelte, sie als Befreier willkommen hieß. König und Regierung flüchteten ins Ausland, und mit dem Segen der katholischen Kirche konnte sich die Ustascha ihren lang ersehnten Traum eines tausendjährigen großkroatischen Reiches erfüllen.

Noch vor dem Tag der Auferstehung des Gottessohnes wurde das Land ihrer Kindheit zum Unab-
hängigen Staat Kroatien, einem Vasallenstaat der
Achsenmächte, in dem sein Führer Pavelić sich fortan mit blutroter Tinte dem Kampf gegen Serben, Ju-
den, Roma und andere Todfeinde verschrieb.

Mit der deutschen Wehrmacht war Gregor nach Zagreb gespült worden, dessen Dienststelle sich gegenüber Anas elterlicher Wohnung befand. Immer wieder waren sich die beiden auf der Straße begegnet,
hatten sich kurze, verlegene Blicke zugeworfen. Einmal wurde Ana von ihrem Vater ertappt, wie sie in ihrem Zimmer am Fenster stand und gedankenverloren
zum Gebäude auf der anderen Straßenseite starrte. Es
hatte gedauert, bis Gregor wagte, sie anzusprechen, erstaunt und verzaubert zugleich, eine Antwort in seiner
Sprache zu erhalten. Bei ihrem ersten gemeinsamen
Spaziergang entlang der Save waren sie sich dann
näher gekommen, als ihrem Vater recht war. Er beobachtete die sich anbahnende Beziehung mit Misstrau-
en, konnte die deutschen Truppen auf den Tod nicht
ausstehen, die für ihn Dämonen waren in feldgrauen
Uniformen, einmarschiert, um sein heiliges Vaterland
in Geiselhaft zu nehmen. Wie zum Trotz wurden die
Treffen zwischen Ana und Gregor intensiver, fanden
ihre Höhepunkte in Hotelzimmern.

Eines Abends wuchs Gregor über sich hinaus, als er
auswärts bei einem gemeinsamen Essen um Anas

Hand anhielt. Ihr Vater war wortlos aufgestanden, hatte das Restaurant wutentbrannt verlassen. Erst Tage später hatte er seine Sprache wiedergefunden. Er erklärte Ana, nicht länger mitansehen zu können, dass sich seine Tochter wie eine billige Prostituierte dem Feind hingebe und Gottes Willen missachte, stellte sie vor die Wahl, umgehend die Beziehung zu beenden oder seine Wohnung zu verlassen. Bevor Ana eine Entscheidung treffen musste, kam der Zufall mit dem Namen Mihael ins Spiel. Als guter Freund ihres Vaters, dem er in schwierigen Zeiten beigestanden war und den sie von klein auf kannte, war er mit einem lockenden Angebot an sie herangetreten.

Seit der Machtübernahme der Ustascha leitete er ein Aufnahmeheim für Flüchtlingskinder im Süden Kroatiens, war auf der Suche nach neuen Helferinnen, da durch Krieg und Vergeltungsaktionen immer mehr Kinder ins Lager getrieben wurden. Er hatte Ana eine sichere Anstellung versprochen, gute Bezahlung, streute ihr Rosen, indem er betonte, sie wäre mit ihrer Ausbildung wie geschaffen für die Stelle. Ana hatte nicht lange gezögert und in einem Anflug von Euphorie zugesagt.

Sie legte sich auf die Couch, schob ein Polster unter ihre schweren Füße. Die Sonnenstrahlen wärmten ihren Oberkörper, der sich gleichmäßig hob und senkte, sie eine Zufriedenheit spüren ließ, die ihr fast schon fremd geworden war. Noch immer konnte sie kaum fassen, endlich den wuchtigen Bäumen des Waldes entkommen zu sein, die sich manchmal wie Gitterstäbe um sie aufgetürmt hatten. Langsam kehrte wieder Zuversicht zurück, und die Zeit der Häutung schien greifbar nahe. Zum wiederholten Mal an diesem Tag musste sie an das bevorstehende Treffen mit Damir denken, der mehr als nötig getan hatte, um ihr einen unbeschwerten Aufenthalt zu ermöglichen. Am Boden fanden sich Perserteppiche und Porzellanvasen, Anrichte, Schränke und eine antike Standuhr waren mit Schnitzereien und Intarsien verziert, und im Wohnzimmer hing ein ausladender Kristallluster, der im Dunkel seine ganze Pracht entfalten würde.

Ihr Blick fiel auf das Bild des heiligen Christophorus, der gegenüber der Couch in barockes Gold gerahmt war. In aufgebauschtem, blassrosafarbenem Gewand stand er knöcheltief im Wasser, stützte mit dem Jesuskind auf dem Rücken sein ganzes Gewicht auf einen Stab, von dessen Mitte ein blutiger Fisch hing.

Nachdem sie mit sieben Jahren ihre Masernerkrankung überwunden hatte, langsam wieder am Genesen war, hatte sie von ihrer Mutter ein Andachtsbild des Heiligen geschenkt bekommen. Gebannt lauschte sie der Geschichte des Mannes, fasziniert von seiner Größe, Stärke, seinem Mut, und als sie erfuhr, dass sein Anblick vor Unglück und Tod behüten würde, stellte sie das Abbild als Talisman ans Kopfende ihres Bettes. Vor dem Einschlafen zu ihm zu beten, wurde Ritual, aus Angst, im Schlaf zu sterben. Ihre Furcht vor dem Tod aber nahm wahnhafte Ausmaße an. Bald schon war es ihr nicht mehr möglich, die Wohnung ohne Bild zu verlassen, sie trug es bei sich in der Schule, im Bad, im Bett, es beschützte sie auf all ihren Wegen, und es galt, das Bild um alles in der Welt zu beschützen.

Erst als ihre Mutter ein Jahr später bei der Geburt ihrer Schwester verstarb, war der Bann gebrochen. Grenzenlos war ihre Wut gewesen, dass Christophorus kläglich versagt, er ihre Mutter dem Tod überlassen hatte.

Eines Tages, sie war gerade auf dem Heimweg von einer Freundin, blieb sie auf der Brücke über die Save stehen, beugte sich über das Geländer, blickte ins träge dahinfließende Wasser. Unschlüssig hatte sie das Heiligenbild in ihrer Hand gehalten, dessen Zauber zerstört, das für sie wertlos geworden war. Dann öffneten sich ihre Finger, und der Wind nahm das Bild auf, an dem sie so lange ihr Herz festgemacht hatte. Eine ganze Weile hatte es sich in der Luft gehalten, bis es von einer Böe nach unten gerissen wurde, ins Wasser fiel, noch kurz an der Oberfläche trieb, als wollte es sich wehren, unterzugehen.

Nach dem schweren Verlust und der Beisetzung hatte sich Anas Vater hingebungsvoll um ihre Schwester gekümmert, in der er seine verstorbene Frau wiederzufinden meinte, der Natalija wie aus dem Gesicht geschnitten war. Ana aber fühlte sich verraten, ausgeliefert, fand viel zu selten jene Zuwendung, die sie suchte. Immer häufiger musste sie sich beherrschen, ihre Wut und Verzweiflung nicht an Natalija auszulassen, der sie die Schuld gab am Tod ihrer Mutter. Dachte sie zurück an damals, fand sie sich in einem verdunkelten Raum wieder, der keinen Ausgang hatte, ihr keine Luft zum Atmen ließ. Kaum noch kehrte sie dorthin in Gedanken zurück, wenngleich sie sich längst mit Natalija versöhnt, mit Christophorus ihren Frieden geschlossen hatte.

Im Stiegenhaus fiel eine Tür. Ana horchte auf, hörte ein Mädchen weinen. Sie zog das Glas zu sich, aus dem Martin getrunken hatte, füllte es randvoll mit Likör. Intensiver Geruch nach frischen Haselnüssen und Vanille drang in ihre Nase, weckte Erinnerungen an den winterlichen Zrinjevac-Park. In der Vorweihnachtszeit hatte sie dort ein kleiner Stand magisch angezogen, an dem eine fast erblindete Frau alle Jahre wieder Palatschinken mit Vanillesauce verkauft hatte, deren süßer Duft sich durch die Alleen gezogen hatte.

Der Likör schmeckte angenehm mild, mit einer kaum spürbaren Schärfe. Nachdem sie das Glas geleert und eine Praline gekostet hatte, öffnete sie ihre Strumpfbänder, streifte die Strümpfe von den Beinen, zog das Polster zwischen ihre Schenkel und drehte sich zur Seite. Die Brustwarzen spannten, und eine viel zu lang nicht mehr gespürte Wärme durchströmte ihren Körper. Sie schloss ihre Augen. Der Atem wurde schwerer, schneller, bevor sie nach einem wohligen Schauer in tiefen Schlaf sank.

Sie erwachte im Stockdunkeln. Es dauerte eine Weile, bis sie sich orientieren konnte. Mehrere Male musste sie aufstoßen, mit einem unangenehmen Geschmack von Suppe und Schokolade im Mund. Dann trat sie schlaftrunken auf den weichen Teppich, tastete sich mit ausgestreckter Hand an der Wand entlang zum Lichtschalter, den sie vergeblich ein- und ausschaltete. Sie dachte an Martins Worte, die angekündigten Stromausfälle und Kerzen in der Küche. Die Tür zum Flur stand sperrangelweit offen. Im Weitergehen spürte sie etwas Weiches, Wollenes, um nach einer Schrecksekunde festzustellen, dass es ihr Mantel war, den sie am Garderobenständer aufgehängt hatte.

In der Küche hatten sich ihre Augen an die Dunkelheit gewöhnt. Rasch waren die Kerzen in einem der oberen Fächer gefunden, aber es gab nichts zum Anzünden, und so setzte sie sich resignierend auf einen Stuhl. Eine bedrückende Stille lag in der Wohnung, die ihr von langen Nächten im Jagdhaus vertraut war, sie ihre Einsamkeit spüren ließ, Räume aufstieß in die Zeit vor der Flucht. Nur der Wasserhahn tropfte ohne Unterbrechung, gleich Trommelschlägen, die Unheilvolles ankündigten. Vom Fenster flog eine Fliege auf, kreiste ziellos im Raum. Mit einem Mal war sie wieder im Lager, sah halbnackte Kinder vor sich, die sich kaum auf ihren Beinen halten konnten.

Sie fuhr hoch beim Schlagen der Standuhr. Elfmal pochte der Gong in die Stille, und als hätte der Strom nur auf dieses eine, laute Signal gewartet, ging kurz darauf das Licht an. Beim Auspacken ihrer Koffer lag etwas schwer auf ihr, sie wusste nicht, ob es am Föhn lag, dessen Spuren sich schon am frühen Morgen beim Verlassen des Jagdhauses mit kräftigen Farben am Himmel abgezeichnet hatten, oder sie nur das Wissen bedrückte, dass bald ein neuer Aufbruch bevorstand.

Früh am Morgen weckte sie der schrille Klang des Telefons. Sie hatte eine Weile gezögert, bevor sie den Hörer von der Gabel nahm. Es war Damir, dessen Stimme ihr im ersten Moment fremd vorkam, was an der schlechten Verbindung liegen mochte oder daran, dass er seltsam leise sprach. Kryptisch hatte er sie darum gebeten, um neun Uhr in die Sakristei seiner Kirche zu kommen, für die Besprechung der Taufe, wie er betonte. Er schien in dringender Angelegenheit anzurufen, aber sie hielt ihre Neugierde in Zaum und brach ohne Frühstück auf.

Dort, wo am Vortag der Puppenwagen des Mädchens umgekippt war, lagen immer noch Blumen verstreut, Grasbüschel neben Steinen, als hätte jemand eine Kultstätte verwüstet. Sie suchte eine Mülltonne, entsorgte den Lilienstrauß. Hinter dem Haus hängte eine ältere Frau Wäsche auf eine Leine, war so in ihre Arbeit vertieft, dass sie Ana erst bemerkte, als sie bereits den Weg Richtung Salzach eingeschlagen hatte. Nachts musste es ein Unwetter gegeben haben, denn auf Wiesen und in Schlaglöchern stand knöchelhoch Wasser. Blätter und kleine Äste waren von den Bäumen zu Boden gerissen worden, und vor einer Bauruine lag der umgestürzte Teil eines Gerüstes, auf dem zerrissene Abdeckplanen im Wind flatterten.

Zwei Querstraßen weiter sah Ana einen großen, sich keilförmig nach unten verjüngenden Bombenkrater, der bis zur Hälfte mit Wasser gefüllt war. Schon von weitem hatte sie das aufgeregte Geschrei von Buben gehört, die dort mit Holzgewehren, Schilden und Steinschleudern Krieg spielten. Einige von ihnen waren barfuß und mit Latzlederhosen bekleidet, trugen selbstgebastelte Helme auf ihren Köpfen, die überdimensionierten Eierschalen glichen. Mit Pflöcken, Drähten und anderen improvisierten Materialien war der Krater einer Gefechtsstellung gleich gesichert. Selbst einen kleinen Schützengraben hatten die Kinder ausgehoben, den ein Erdwall umschloss. Unter lautem Gebrüll und mit dem nachgeahmten Rattern von Maschinengewehren stürmten sie auf die Stellung zu, während andere am Kraterrand in Deckung blieben, unter Zuhilfenahme ihrer Steinschleudern versuchten, den Angriff abzuwehren. Im Eifer des Gefechts verloren manche den Halt, fielen auf den schlammigen Boden, rappelten sich mit braunem Gewand und Gesicht wieder auf, um umso verbissener weiterzukämpfen.

In der Nähe des Kraters standen drei ältere Männer. Dann und wann warfen sie verklärte Blicke auf das Treiben der Buben, gaben taktische Anweisungen, gestikulierten, rissen bei einem Volltreffer ihre Arme hoch, fast so, als sähen sie sich leid, nicht selbst an vorderster Front mitzukämpfen. Auch im Lager war es für die Aufseher eine willkommene Abwechslung gewesen, wenn Kinder im täglichen Kampf ums Überleben aufeinander losgegangen waren, der Streit um ein verschimmeltes Stück Brot oder einen fauligen Apfel so heftig mit Fäusten ausgetragen wurde, dass Nasenbrüche und ausgeschlagene Zähne keine Seltenheit waren. Geriet der Kampf gänzlich außer Kontrolle, trat Toma mit seinem Ochsenziemer in Aktion oder hetzte seinen Rüden auf die sich Balgenden.

Als Ana am Krater vorbeigegangen war, spürte sie plötzlich ein Brennen oberhalb ihrer rechten Wade. Sie blieb stehen, betastete die Stelle, griff auf Blut und zerrissenes Nylon. Nach einer Schrecksekunde drehte sie sich um, aber nichts war zu sehen außer den älteren Männern und spielenden Buben in ihrer kriegerischen Welt. Zornesröte stieg ihr ins Gesicht, denn einer von ihnen musste sie mit seiner Steinschleuder getroffen haben. Sie hob einen walnussgroßen Stein am Straßenrand auf, schleuderte ihn in die Richtung der Buben, wo er mit einer kleinen Fontäne im Bombenkrater versank.

Hinter ihr näherte sich ein Wagen. Als hätte man sie bei einer verbotenen Handlung ertappt, blieb sie stehen, drehte sich um, sah einen Jeep mit zwei amerikanischen Soldaten, der im Schritttempo an ihr vorüberfuhr. Eine Zigarette in den Mundwinkel geklemmt, lehnte sich der Beifahrer aus dem Auto, blickte sie vorwurfsvoll an, bevor er auflachte und salutierend an seine Mütze griff. Ana musste sich zurücknehmen, ihm nicht den nächsten Stein zu verpassen.

Schon in Altaussee war sie mit Amerikanern aneinandergeraten. Sie war gerade in Gartenarbeit vertieft gewesen, als Schatten neben ihr auftauchten. Im Umdrehen blickte sie in die Augen zweier Soldaten in olivgrünen Uniformen, die sie mit geschulterten Gewehren zum Mitkommen aufforderten. Für einen Moment war ihr Herz stillgestanden, glaubte sie, ihre Flucht hätte ein abruptes Ende gefunden. Sie nickte den beiden freundlich zu, widmete sich wieder dem Gemüse, in der Hoffnung, sie würden von ihr ablassen.

Da sich aber die Läufe der Waffen senkten, wischte sie sich ihre erdigen Hände in die Schürze und ging voran ins Haus. Wortlos durchsuchten die Soldaten Wohnküche und Speisekammer, öffneten den Schrank, stiegen die Treppe hoch in den ersten Stock. Mit ernster Miene blickten sie zu ihr, als sie in der Schlafkammer das Gewehr entdeckten.

„Wölfe", hatte sie erklärt und nach draußen gedeutet. Unschlüssig waren die beiden im Raum gestanden, bevor sie wieder nach unten gingen, wo sie sich kurz unterhielten. Bei der Eingangstür hatte einer der Soldaten dann seinen Rucksack abgenommen und Schokolade herausgezogen.

„For the wolves", hatte er augenzwinkernd gemeint, ihr den Riegel in die Hand gedrückt.

Bald schon waren die Schreie der Kinder im Rauschen der Salzach untergegangen, die braun und nach Schlamm stinkend dahinfloss. Beim Anblick im Wasser treibender Äste tauchten Bilder aus dem Lager auf, wo man kurz vor Kriegsende die Kleinsten auf einen Kahn gebracht, in der Mitte des Flusses wie unerwünschte Katzenjungen ins Wasser geworfen hatte. Hätte sie versucht, die Kinder zu retten, wäre sie auf der Stelle erschossen worden. So hatte sie mitansehen müssen, wie die Körper zum Spiel der Wellen wurden, sie der Fluss mitnahm, bis sie gänzlich von ihm verschlungen wurden.

Zwei Schwäne näherten sich dem Ufer. Sie ließen sich von der Strömung treiben, drehten um, schwammen wieder ein Stück weit flussaufwärts, als wollten sie ihre Schönheit und Stärke unter Beweis stellen. Mit einem Blick auf die Uhr setzte sich Ana auf eine Bank, um die Verletzung näher zu betrachten. Die Wunde war zu ihrer Erleichterung nicht groß, blutete kaum. Sie holte ein Pflaster aus der Handtasche, trug es so auf, dass die abgeschürfte Haut bedeckt war und der Strumpf nicht weiter einriss.

Beim dreimaligen Schlagen einer nahen Kirchenglocke ging sie, von innerer Unruhe getrieben, weiter. Der Weg führte sie entlang blühender Kastanien, die einen so intensiven Geruch verströmten, dass es in ihrer Nase zu kribbeln begann. Dann tauchte schon das Café auf, das ihr Martin beschrieben hatte. Dicht an dicht saßen im Garten Gäste an den Tischen, genossen die wärmenden Strahlen der zurückgekehrten Sonne. Sie weilten dort in so entspannter Atmosphäre, als wäre der Krieg längst aus ihren Köpfen verschwunden, die Erinnerung an die Zeit der Zerstörung und Vernichtung aufgelöst wie Zucker im Kaffee. Nur der alte Ober räumte nachdenklich einen Tisch ab, blickte gedankenversunken zum Fluss.

Es wurde laut, als Ana die Brücke erreichte. Noch Provisorium, hatte man zu Kriegszeiten hunderte Zwangsarbeiter genötigt, den Bau voranzutreiben, ausgemergelte Männer, die ihr Letztes dafür gegeben hatten, um nicht vor Hunger und Entkräftung in die eiskalten Fluten zu stürzen. Bei Kriegsende waren dann Panzer von Amerikanern über die Brücke gerollt, die nur Stunden zuvor einer kampflosen Übergabe der Stadt zugestimmt hatten.

Klappernd fuhr ein Pferdegespann vorüber, auf dem Krautköpfe in kleinen, mit Netzen bedeckten Holzsteigen transportiert wurden. Ana starrte auf das wie blanke Schädel übereinandergestapelte Gemüse. Tag für Tag war Josip, der Totengräber, mit seinem vor den Karren gespannten Rappen ins Lager gefahren, stets in schwarzem Anzug, den Hut tief ins Gesicht gezogen. Oft hatte sie das Rattern der eisenbeschlagenen Räder noch halb im Traum gehört. Josip hatte die notdürftig in Papier gewickelten Körper, die man hinter einer Baracke zur Abholung aufgebahrt hatte, in Kisten gelegt, die kaum ausreichten für die vielen Toten, wenngleich er seine Technik perfektioniert hatte, sie platzsparend zu verstauen. Für jedes Kind, das den Weg in sein Notizbuch fand, forderte er seinen Sold ein, hielt mit größter Sorgfalt fest, wie viele das Lager in Kisten verließen. Wenn er wieder durchs Tor trabte mit seinem vollbeladenen Karren, sah er aus wie der Leibhaftige, der der Hölle entfuhr. Die Toten brachte er zu einer Wiese unweit des Friedhofs, verscharrte sie dort ohne Beisein des Pfarrers, in ausreichender Entfernung zu katholisch geweihter Erde.

Ana sah dem Gespann nach, querte die Brücke. Dann ging sie, wie von Martin beschrieben, durch einen Torbogen weiter zum Alten Markt. Die vielen Menschen, die durch die Gassen flanierten, in Schlangen vor Lebensmittelgeschäften standen, engten sie ein, nahmen ihr die Luft.

Als Kind war sie vom Getriebe der Stadt fasziniert gewesen, atemlos durch die Zagreber Unterstadt gelaufen, über die schmalen Kopfsteingassen der Oberstadt, hatte das pulsierende Leben an der Hand ihrer Eltern genossen, später Blicke pubertierender Buben. Das Schönste aber war für sie das morgendliche Erwachen der Stadt gewesen. Ihr Schulweg wurde zur täglichen Entdeckungsreise mit dem Bimmeln der frühen Straßenbahn, dem Rattern der Fuhrwerker, Händlern, die auf Plätzen ihre Waren vorbereiteten für den Verkauf, Frauen in schweren Parfumwolken, Männern mit durchzechten Gesichtern, Straßenkehrern auf der Suche nach Staub und nächtlichem Müll. Es war eine aufregende Zeit des Staunens und

Erlebens gewesen, eine spielerische Leichtigkeit, die mit dem Tod ihrer Mutter ein jähes Ende fand.

Nachdem sie einen amerikanischen Laden passiert und das obere Ende des Alten Marktes erreicht hatte, wurde sie von mehreren Kindern umringt. Wie hungrige Katzen schlichen die Buben und Mädchen um sie herum, streckten die Hände nach ihr, bettelten um Geld. Instinktiv riss sie die Handtasche nach oben. Ein Bub mit blassem Gesicht, kaum älter als fünf oder sechs Jahre, klammerte sich an ihr Bein, und sie sah sich im Lager, dicht von Kindern umringt, wenn sie von ihren Streifzügen auf der Suche nach Lebensmitteln heimgekehrt war. Einmal hatte sie dabei versehentlich einen Buben zu Fall gebracht. Er hatte sich so fest an ihre Wade geklammert, dass es schmerzte, und als sie ihn wegstieß, war er mit dem Kinn hart auf einem Holzbalken aufgeschlagen.

Hilfesuchend blickte sie sich um. Auf der Veranda eines nahen Gebäudes, auf dem in großen Lettern *Forty Second Street Café* stand, saßen Soldaten unter aufgespannten Schirmen. Ohne merkbares Interesse beobachteten sie die Szenerie, rauchten mit hochgelagerten Beinen. Raschen Schrittes ging Ana weiter, aber die Kinder blieben ihr dicht auf den Fersen, zerrten so heftig an ihrem Kleid, dass sie beinahe das Gleichgewicht verlor. Ein Mann näherte sich, aus dessen Rucksack eine abgeschnallte Unterschenkelprothese hervorsah. Ein Hosenbein war mit einer Sicherheitsnadel am oberen Hosenteil festgebunden, darüber trug er einen langen, staubigen Militärmantel, an dem der Zahn der Zeit genagt hatte. Er riss seine hölzerne Krücke in die Höhe, brüllte die Kinder an, dass selbst die Soldaten neugierig ihre Köpfe hoben. Die Drohgebärde hatte ihre Wirkung nicht verfehlt. Eingeschüchtert ließen die Kinder von Ana ab, zogen wie ein frommes Pilgergrüppchen weiter. Sie suchte nach einer Münze in ihrer Handtasche als Dank für die unerwartete Hilfe, aber ihr Retter war bereits fortgehumpelt, ohne sich umzusehen.

Nach wenigen Schritten gelangte sie an einen ausladenden Platz, den Jeeps und andere Fahrzeuge in Beschlag genommen hatten. An seinem südlichen Ende wurde er vom mächtigen Dom flankiert. Kurz vor Kriegsende war die Kuppel beim ersten Bomberangriff auf die Stadt von einer Luftmine getroffen worden, die Tonnen von Schutt ins Kirchenschiff stürzen ließ. Die Nationalsozialisten hatten sich einem Wiederaufbau des Gebäudes verwehrt, und so klaffte das Loch lange als blutende Wunde.

Auch jetzt noch war die Kuppel eingerüstet, stand ein Baukran an ihrem höchsten Punkt, der wie ein Flak-Geschütz mahnend zum Himmel zeigte. In der Mitte des Platzes befand sich ein barocker Brunnen, flankiert von wasserspeienden Pferdestatuen. Sonnenstrahlen glitzerten im Wasser, das mit wuchtigen Fontänen in die Luft schoss, bevor es sich über Becken und Felsen wieder nach unten ergoss. Der Wind trieb Sprühnebel in Anas Richtung, die beunruhigt nach der Kirche Ausschau hielt.

Am Ende der Häuserreihe stand sie unverrichteter Dinge dem mit grünlicher Patina überzogenen Denkmal Mozarts gegenüber, der seltsam entrückt in die Ferne blickte. Die Kirche aber blieb wie vom Erdboden verschluckt. Noch einmal ging sie den Weg zurück zum Alten Markt, kehrte um, erkundigte sich beim neunmaligen Schlagen der Glocke bei einer alten Frau mit Kopftuch, die in einem Hausdurchgang Besen verkaufte. Ohne aufzublicken, deutete sie zu einer nur wenige Meter entfernten, unscheinbaren Holztür, an der Ana zweimal vorübergegangen war. Jetzt sah auch sie das Kirchengebäude, das derart verbaut war, dass man es nur schwer als solches erkennen konnte.

Über einen kleinen Vorraum gelangte sie ins Innere, wo sie von Grabesstille umfangen wurde. Die Kirche war menschenleer. Insgeheim hatte sie gehofft, niemanden anzutreffen, um Damir alleine unter die Augen treten zu können. Sie sah sich in dem kleinen, schlicht gehaltenen Raum um, in den durch mehrere Fenster gedämpftes Licht fiel. Vor dem Altar waren drei mit Rosen gefüllte Vasen auf einen Sockel gestellt, deren Duft sich mit dem Geruch von Wachs und Weihrauch vermischte, vertraute Bilder aus ihrer Kindheit aufsteigen ließ, als sie noch sonntäglich den Gottesdienst besucht hatte.

Mit hallenden Schritten ging sie in den Chorbereich, klopfte vorsichtig an die Tür zur Sakristei. Nichts rührte sich. Noch einmal klopfte sie, diesmal fester, drückte die Klinke, aber die Tür war verschlossen.

Während sie wartete, wurde ihr Blick vom Hochaltar angezogen, der den Höllensturz zeigte. In strahlendem Lichtkranz und mit goldglänzender Rüstung war Erzengel Michael in der Mitte des Gemäldes abgebildet. Ihm zu Füßen lag Luzifer, der gefallene Engel, ganz in Rot und nackt bis auf ein weißes Tuch zwischen den Schenkeln. Mit sanfter Miene bohrte Michael eine lange Lanze in seine Kehle, und Luzifer zeigte keine Anzeichen von Gegenwehr. Die Augen weit aufgerissen, seine Hand fragend auf den Kopf gestützt und mit fratzenhaft geöffnetem Mund, fast schon grinsend, schien er sich seinem Schicksal ergeben zu haben, bereit für den Sturz in die Hölle. In seinem Gesicht meinte Ana plötzlich Frater Toma zu erkennen. Es war derselbe irre Blick, mit dem er sein Messer in den vor Hunger aufgedunsenen Bauch eines Buben gestoßen hatte, der im Abfall nach Essen wühlte. Niemals aber hatte sie bei Toma Lust am Quälen wahrgenommen oder irgendeine Befriedigung bei seinem mörderischen Tun. Seine Gewaltauswüchse hatten vielmehr etwas Stumpfes, Mechanisches, wie das Ritual eines Besessenen, der dann und wann zwanghaft grausamen Trieben nachgehen musste.

Wenn Toma in seiner Ustascha-Uniform, mit dem blank polierten Kreuz auf der Brust und dem Holzhammer im Gürtel durchs Lager schritt, wichen die Kinder schreckhaft zur Seite, mieden seinen Blick, der suchend umherschweifte. Hatte er zu viel getrunken, was häufig geschah, geriet er meist derart in Rage, dass er unter wüsten Schimpftiraden die kleinen Gefangenen mit seinen Stiefeln trat, die auf dem Boden Liegenden bespuckte, seine Hände in ihren Hals verkrampfte, bis sie blau anliefen. An manchen Abenden verschwand er mit jungen Frauen aus naheliegenden Lagern in eine Hütte am Fluss, von der er im Morgengrauen blutverschmiert zurückkehrte. Seine unberechenbaren Launen und Wutanfälle verstörten auch Pater Mihael, dem die Fäden als Kommandant zunehmend entglitten. Toma hingegen breitete sich in seinem Schattenreich aus, in der es keinen Erzengel Michael gab, keinen Retter, der es wagte, den Drachen samt Helferschar in den Abgrund zu stürzen. Das Lager selbst wurde zur Hölle auf Erden, wo Drachen regierten, Dämonen in Menschengestalt, denen die Kinder wehrlos ausgeliefert waren. Seit ihrem ersten Tag im Lager waren sie für Toma Untergebene, die sich seiner Willkür ohne Widerspruch zu fügen hatten.

Anfangs hatte Ana noch versucht, dagegen anzukämpfen, um das Böse nicht Mensch werden zu lassen. Doch auch sie wurde bald von einer in alle Glieder kriechenden Eiseskälte erfasst. Am meisten graute sie die Vorstellung, dass durch die ständige Arbeit am Abgrund der Abgrund irgendwann selbst in sie hineinzublicken begann, sie zu einem Ungeheuer verkam, ohne es zu merken.

Voller Ungeduld war sie an einem sonnigen Frühsommermorgen, zwei Jahre nach Ausbruch des Zweiten Weltkriegs, mit anderen Schwesternhelferinnen zu ihrem neuen Arbeitsplatz gereist, der sich südöstlich von Zagreb am Ufer der Save befand. Gregor hatte sich die Zunge wund geredet, um sie von ihrem Vorhaben abzubringen. Für sie aber war es längst beschlossene Sache gewesen, Zagreb den Rücken zu kehren, denn schon lange glich es nicht mehr der Stadt ihrer Kindheit, in der sie sich einst so geborgen gefühlt hatte.

Seitdem die Ustascha die Macht an sich gerissen hatte, häuften sich Überfälle und Plünderungen, spannte sich ein Netz aus Angst und Unsicherheit jeden Tag enger über der Stadt. Ana ahnte, dass die Gewaltorgien erste Vorboten waren einer noch dunkleren Zeit, wünschte sich nichts sehnlicher als eine erfüllende Arbeit und Abstand, zumal Gregor eine Versetzung nach Serbien bevorstand. Zum ersten Mal in ihrem Leben war der Wunsch, ihre Heimatstadt zu verlassen, so übermächtig, dass sie nichts und niemand mehr halten konnte.

Als sie dem Wagen entstiegen, der sie zum Lager gefahren hatte, lag flirrende Hitze in der Luft. Staub war vom trockenen Erdboden aufgewirbelt worden, reizte Augen und Lungen. Hinter der Mauer der alten Festungsanlage ragte ein Wachturm in den Himmel, an dessen Dach die Fahne der Ustascha unruhig im Wind flatterte. Zwei Buben waren wie Zinnsoldaten beim Eingang postiert, deren Alter schwer abzuschätzen war. Ohne merkliches Interesse beobachteten sie ihr Näherkommen. Die Körper der beiden steckten in schwarzen Uniformen, die knöchernen, eingefallenen Gesichter schienen allem Kindlichen entzaubert. Auf dem Kopf trugen sie Kappen mit einem großen, aufgenähten U als Symbol der Ustascha, auf den Schultern Holzgewehre, die an Seilen befestigt waren. Ana hatte die Buben nach Pater Mihael gefragt, aber ihre Münder blieben verschlossen. Erst nach einer kurzen Pause hob einer seine Hand, woraufhin sich der andere in Bewegung setzte, als hätte er nur auf diese eine Geste gewartet. Langsam öffnete er das Tor, und die Ankommenden durchschritten mit ihren Koffern die Pforte zur Hölle, ohne es zu ahnen.

Hinter dem Eingang wurden sie von Ustascha-Soldaten kontrolliert, die ihnen den Weg zu ihrer Unterkunft wiesen. Schon nach wenigen Metern kamen Kinder auf sie zu, ausgezehrte, verängstigte Wesen, die sie mit fragenden Augen umringten. Ana war unfähig, einen klaren Gedanken zu fassen. Alles in ihr schrie danach, umzukehren, den Ort schnellstens zu verlassen, der schien, als hätte jemand die Sonne ausgeblasen ohne Vorwarnung. Gregors mahnende Worte im Ohr, sah sie sich plötzlich hinter Mauern mit Stacheldraht gefangen, erschauderte beim Gedanken daran. Wäre nicht in jenem Moment Pater Mihael auf sie zugegangen, hätte er nicht sie und ihre Freundinnen innig in die Arme geschlossen, wäre sie keine Sekunde länger geblieben. So aber führte er sie in ihre geräumigen Zimmer, die sich in einem abgetrennten Teil befanden. Mehrmals hatte er versichert, dass alles zum Wohlergehen der Kinder getan werde, für die es in der Welt vor der Mauer keine Hilfe gab, Gott und das Lager die letzte Hoffnung zur Rettung ihrer Seelen wären.

Ein Schlüssel drehte sich im Schloss. Damir öffnete die Tür der Sakristei, kam ihr mit offenen Armen entgegen.

„Um Himmels willen, jetzt habe ich dich so lange im Anblick des Teufels warten lassen. Ich bin untröstlich, Ana, entschuldige vielmals!" Er küsste sie auf die Wangen, legte ihr die Hand auf den Rücken, führte sie in ein kleines Durchgangszimmer der Sakristei, wo ein Tisch und zwei Stühle standen.

„Gut siehst du aus!", sagte er, nachdem er ihr Gesicht ausgiebig gemustert hatte. „Als ich dich zuletzt gesehen habe, habe ich mir ernsthaft Sorgen um dich gemacht. Aber jetzt setz dich erst einmal. Wir zwei haben uns eine Menge zu erzählen!"

Er half ihr aus dem Mantel, entschuldigte sich für einen Moment und verschwand im Nebenzimmer. Geschirr klapperte.

„Wie lange ist es her, dass wir uns nicht mehr gesehen haben?", rief er durch die offene Tür.

„Fast genau so lang, wie ich im Wald verschwunden war."

„Dem Himmel sei Dank, dass er dich nicht für immer behalten hat", sagte er, während er mit Kuchen, einer Karaffe Wasser und zwei Gläsern zurückkam. „Bist du gut bei uns angekommen? Fühlst du dich wohl in deinem neuen Zuhause?"

Ana nickte, bedankte sich für die in der Wohnung hinterlegten Präsente. Dann berichtete sie vom Tag ihrer Abreise, der Zugfahrt, ihrer Ankunft am Bahnhof. Sie erzählte Damir von den letzten Tagen im Jagdhaus, einem ihr unbekannten Mann, der sie aufgesucht hatte, als schon alles gepackt war. Der Fremde war ihr nicht geheuer gewesen mit seinem staubigen, schwarzen Mantel aus feinem Material und seinem Hut, den er so tief ins Gesicht gezogen hatte, dass er seine Brauen verdeckte. Von seinem rechten Nasenflügel hatte sich eine wulstige Narbe bis zum Kinn gezogen, die sein hässliches Gesicht noch mehr verunstaltete. Er hatte erklärt, etwas abholen zu wollen, das ihm zustehe, sie dabei mit stechendem Blick fixiert.

Ana hatte ihn trotz seiner ausdrücklichen Bitte nicht ins Haus gelassen, da er sie abstieß, geradezu anwiderte mit seiner aufdringlichen Art. Sie hatte vor ihm die Tür zugestoßen, verriegelt, das Gewehr von der Wand genommen und abgewartet. Wie ein Berserker war der Fremde ums Haus gelaufen, hatte geschrien, durch die Gitterstäbe der lukenartigen Fenster geblickt. Dann war es still geworden, und der

Mann hatte sich bis zum Tag ihrer Abreise nicht mehr blicken lassen.

„Wir müssen alle ständig auf der Hut sein", sagte Damir, schnitt den Kuchen an und verteilte ihn auf die Teller. „Nicht einmal dort, wo wir uns geborgen fühlen, sind wir in Sicherheit. Vor drei Wochen wurde einer meiner engsten Mitarbeiter mit eingeschlagenem Schädel und Schusswunden im Unterleib unweit des Bahnhofs gefunden. Sein einziges Vergehen ist es gewesen, während des Krieges seinem Vaterland gedient zu haben."

„Der Krieg hat einen langen Atem, und irgendwann bekommt man alles zurück", sagte Ana und stach in den Apfelkuchen. Irritiert betrachtete sie Damirs Finger, die nervös auf den Tisch trommelten.

„Wenn du vor die Tür trittst, Ana, stehst du auf einem Platz, wo vor kurzem noch Bücher verbrannt wurden. Und jetzt? Jetzt werden diese Bücher wieder hervorgeholt aus Kellern und Kisten, aus den hintersten Winkeln von Dachböden. Man ist sogar stolz darauf, zu besitzen, was eben noch Raub der Flammen wurde. Die Zeiten ändern sich schneller, als wir sie verstehen können."

„Aber wir sind nicht verbrannt worden, Damir. Es waren wir, die das Feuer gelegt haben!"

Er sah sie an, als hätte sie einen wunden Punkt getroffen, atmete tief durch.

„Unser ganzes Handeln, alles, was wir getan haben, ist im Christentum verankert", sagte er mit ruhiger Stimme. „Die einen haben ihren Eid auf den Staat erfüllt und ihre Pflicht getan, so wie wir unsere Pflicht getan haben vor Gott und uns dem Staat untergeordnet haben. Und glaub mir, er war stets mit den Kroaten und unserem Führer Pavelić. Er ist es gewesen, der unser Land wieder groß gemacht hat, unserem Volk Hoffnung gab, die ihm so lange verwehrt war. Er war ein Fackelträger der Freiheit."

„Was Gott in mir spricht, dem muss ich gehorchen. Das ist es, was man mich schon in der Schule gelehrt hat, was ich denke und fühle", erwiderte Ana. Sie griff nach dem Glas, nahm einen großen Schluck Wasser. „Wessen Gott war es denn, der mit Hämmern und Messern gewütet hat in unserem Land? Der Kinder im Lager verhungern ließ, weil sie dem falschen Glauben angehörten? Das war kein liebender Gott, Damir. Es war die Hölle auf Erden!"

„Ich sage das nicht zur Rettung meiner Seele, aber es gibt Grenzen der Liebe. Erinnere dich, selbst unser Erzbischof hat davon gesprochen. Der Kampf gegen das Böse konnte nicht mit Samthandschuhen gewonnen werden, nicht mit dem Gebetbuch und nicht mit dem Kreuz allein. Gott hat entschieden, andere Mittel einzusetzen für unser Land. Mit ihm und mit Christus sind wir zusammen durch die Geschichte marschiert. Mit dem Schwert haben wir seinen Ruhm und den Ruhm der kroatischen Nation verbreitet."

„Habe ich dir von Antonije und Ivo erzählt? Sie wurden im Alter von vier und sieben Jahren ins Lager gebracht. Ivo hat seinen kleinen Bruder wie seinen Augapfel gehütet. Keine Sekunde ist er von seiner Seite gewichen, hat ihn beschützt, verteidigt, ihm von seinem Essen gegeben, damit er überlebt. Du hättest die beiden sehen sollen, es war rührend, wie sich Ivo um den Kleinen gekümmert hat. Antonije aber hat immer nur geweint, konnte nicht verstehen, was geschah. Stundenlang hat er nach seiner Mutter gerufen, die nicht weit weg in einem anderen Lager untergebracht war. Weißt du, was Tomas Freunde getan haben, als sie eines Abends stockbetrunken aus seinem Haus gekommen waren? Sie haben Antonije vor den Augen seines Bruders gepackt, mit dem Kopf voraus in ein Regenfass gesteckt. Gegrölt, dass sie ihn im Namen Gottes taufen und alle Sünden auf sich nehmen würden. Dann haben sie zu singen begonnen, während der Kleine im Fass langsam zu zappeln aufgehört hat. Ivo ist von diesem Tag an verstummt, hat sich geweigert, zu essen. Ich sehe ihn vor mir, abgemagert auf Haut und Knochen. Wenige Wochen später ist er auf Josips Karren gelegen. Soll man die Namen dieser beiden Kinder aus dem Gedächtnis löschen? Mit jedem Kind, das im Lager ermordet wurde, ist eine Welt für immer verloren gegangen. Und es sind wir, die die Toten auf dem Gewissen haben. Verstehst du? An meinen Händen klebt Blut, das ich nicht einfach von mir waschen kann wie den Saft roter Rüben."

„Ich denke, dass du dich gerade in etwas verrennst, Ana. Vor lauter Bösem, das du um dich siehst, hast du keinen Blick mehr für all die guten Dinge, die geschehen sind. Ich verstehe, dass du verärgert bist. Aber wer hätte sich um die Kinder gekümmert, wenn nicht du und die anderen Helferinnen? Und wo stünde unser Land ohne die Verdienste der Ustascha?"

„Genau dort, wo wir heute stehen. Vor dem Nichts." Damir sah sie entgeistert an.

„Wir versuchen dir zu helfen, so gut wir können. Ich habe alle erdenklichen Hebel in Bewegung gesetzt für deine Flucht. Du bist beladen, Ana, trägst deine schwere Bürde. Aber du musst auch bereit sein, loszulassen und nach vorn zu blicken!"

„Ich weiß zu schätzen, was du für mich getan hast. Ich bin dir dafür wirklich dankbar, Damir. Aber ich bin jetzt seit über einem Jahr auf der Flucht, weiß oft nicht mehr, wovor ich eigentlich davonlaufe."

„Malen wir nicht weiter den Teufel an die Wand. Du hast deine Pflicht getan, so wie ich die meine getan habe. Wenn du die Arbeit im Lager nicht angenommen hättest, wäre jemand anderer an deine Stelle getreten. Und glaub mir, du warst das Beste, was den Kindern passieren konnte."

Sie stellte ihr Glas, das sie noch immer fest in Händen hielt, auf den Tisch. Die Stoffserviette fiel zu Boden, sie bückte sich danach, aber Damir war schneller gewesen, und sekundenlang berührten sich ihre Hände.

„Du blutest ja!", sagte er irritiert, als sein Blick auf ihr Bein fiel. „Warte, ich suche etwas zum Reinigen und eine Wundauflage. Und dann erzählst du mir, was passiert ist."

Ana betrachtete die Verletzung. Das Pflaster hatte sich zur Hälfte abgelöst, ließ Blut zum Vorschein kommen und abgeschürfte Haut. Mit einem Ruck zog sie es ab, biss sich auf die Lippe vor Schmerz. Eine Laufmasche zog sich vom Knöchel bis zum Knie, und der Strumpf war mittlerweile so weit gerissen, dass sie ihn auszog, widerwillig auch den zweiten von ihrem Bein streifte.

„In diesen Zeiten eine wahre Sünde", sagte Damir, der eben zurückgekommen war. Er legte ihren Fuß auf seinen Schoß, reinigte die Wunde, bevor er sie vorsichtig trockentupfte. Während er Wundpuder auf die gereinigte Stelle streute, mit äußerster Präzision ein Pflaster darüberklebte, erzählte ihm Ana von den Kindern beim Krater, dem Schuss aus der Steinschleuder, der sie versehentlich getroffen hatte. „Ich kann dem Schützen nicht böse sein", sagte sie. „Er war noch ein Kind."

„Der Krieg hat einen langen Atem, das hast du vorhin trefflich auf den Punkt gebracht. Jetzt liegt es an uns, die Wunden zu lecken. Es sind wir, die dafür sorgen müssen, dass endlich wieder ein ruhigeres Leben beginnt. Und dazu müssen wir das Vergangene ruhen lassen, sonst können wir selbst nie zur Ruhe kommen. Danken wir Gott, dass wir hier und heute von Angesicht zu Angesicht reden können."

Er tätschelte ihren Fuß, ließ ihn vorsichtig zu Boden gleiten.

„Du redest mit Engelszungen, Damir. Aber ich werde die Bilder nicht los, egal, wo ich bin. Sie nehmen mir die Luft, verfolgen mich beim Aufstehen, beim Schlafengehen, jeden Tag, jede Nacht. Selbst in den Träumen rufen die Kinder nach mir."

„Aber wir leben, Ana! Wir hatten die Gnade, der roten Sintflut rechtzeitig zu entkommen. Du hast gehört, wohin sie unsere Leute verschwinden ließen, in die Höhlen des Karsts, in die ewige Dunkelheit. Vijeko, Toma, Nataša, wie viele haben die Antichristen schon gehängt, ihnen nicht einmal einen ordentlichen Prozess gemacht. Selbst Biserka konnte ihre Haut nicht mehr retten."

Ana horchte auf.

„Was ist mit ihr geschehen?"

„Man hat sie verraten, auf ihrer Flucht dem Feind verkauft. Sie wurde verhört und wie ein wildes Tier hingerichtet. Dabei hat sie nur getan, was man von ihr verlangt hat. Sie hat sich gehorsam der göttlichen Ordnung gefügt."

Dass Biserka nicht mehr lebte, war Ana neu, irritierte sie, auch wenn sie kein Mitleid spürte bei Damirs Worten. Fast schämte sie sich, auf seine Nachricht mit einer Spur von Erleichterung zu reagieren.

Als sie Biserka damals in Begleitung von Toma unerwartet im Lager gegenübergestanden war, hatte sie fast der Schlag getroffen, kein Wort herausgebracht. Biserka hatte nur spöttisch ihre Lippen hochgezogen, sich fester in Tomas Arm eingehängt. Man hatte sie

als Vorgesetzte von acht jungen Helferinnen ins Lager geschickt, um das Chaos einzudämmen, zu helfen, wo Hilfe möglich war. Mit ihrer Ankunft aber
war alles nur noch schlimmer geworden, denn sie
hatte in Toma ihr teuflisches Ebenbild gefunden.
Bald schon traten die beiden wie ein unzertrenn-
liches Paar aus der Hölle auf, schienen ihre Erfüllung
darin zu finden, jeden Tag aufs Neue die Sonne aus-
zulöschen. Kurz, bevor Ana selbst geflüchtet war, hatte auch Biserka das Lager verlassen, war so plötzlich
verschwunden, wie sie aufgetaucht war.

„Wer seine Schuld nicht erkennt, für den kann es
keine Gnade geben", sagte Ana ungehalten. „Aber
sag mir, Damir, wer hat den Mut gehabt, sich vor Gericht schuldig zu bekennen? Vijeko? Toma? Nataša?
Denkst du, Biserka hat im Augenblick ihres bevorstehenden Todes Gott um Vergebung gebeten? Liebe ist
Tat, und Gott straft aus Liebe. Das war Tomas Leit-
spruch, egal, ob er nüchtern war oder stockbetrunken. Bei der Ankunft neuer Kinder habe ich seine
Worte gehört, musste zusehen, wie er und seine Helfer wie Jagdhunde ihre frische Beute fixierten."

Jemand klopfte lautstark an die Tür. Damir hielt
inne, und für einen Moment versteinerte seine
Miene. Entschuldigend sah er Ana an, ging zur Tür,
bat einen jungen Mann in den Vorraum, der einen
Stapel Pakete in seinen Händen hielt. Während sich
die beiden gedämpft unterhielten, dachte Ana zurück
an jene schicksalshaften Tage, als ständig neue Kin-

dertransporte eintrafen, die das ohnehin viel zu beengte Lager zum Bersten füllten. Es war ein lärmendes, heilloses Durcheinander gewesen, ihren Müttern entrissene Säuglinge, die unter freiem Himmel lagen, in Lumpen gehüllte Kinder, die ziellos herumliefen, apathisch am Boden hockten. Gleich nach ihrer Ankunft wurden den Neuankömmlingen die Haare geschoren, bevor man sie desinfizierte, einkleidete, mit metallenen, ihren Namen zugeordneten Nummernschildern versah, die sie fortan um ihren Hals zu tragen hatten. Dann wurden sie ihrem Schicksal überlassen, ausgeliefert dem Recht des Stärkeren, in einer Welt, in der es kein Licht gab, kein Entkommen, alle Zeit verwandelt war in ein Nichts.

Im ganzen Lager wimmelte es bald vor brüllenden Aufsehern und überforderten Schwestern. Niemand schien dem plötzlichen Ansturm gewachsen zu sein, es gab keinen Plan, wo man die Neuankömmlinge unterbringen konnte, wie man sie ernährte, versorgte. Ana hatte Mihael mit Nachdruck beschworen, etwas zu tun, bevor es zu spät war. Immer wieder bedrängte sie ihn, mit Typhus und anderen Krankheiten Infizierte dem Roten Kreuz zu übergeben, bei Bauern um Essenslieferungen anzusuchen, gesunde Kinder zur Adoption freizugeben, so wie es auch in anderen Lagern geschah.

Er aber hatte sich bereits völlig Tomas Willen und Willkür unterworfen, wirkte müde, fahrig, lag bei geschlossenen Vorhängen und lauter Klaviermusik in seinem Zimmer, das er kaum noch verließ. Verständnisvoll nickend hatte er sich bei einem Besuch ihre Vorschläge angehört, Tomas Spruch über die Liebe wie eine Litanei wiederholt. Je länger Ana geredet hatte, desto mehr spürte sie die Mauer zwischen ihnen, die sie nicht zu ihm vordringen ließ. Damals hatte sie gemerkt, dass er nicht mehr im Lager, sondern in Gedanken längst aus ihm geflohen war.

An einem brütend heißen Julitag, dem Geburtstag Pavelićs, war schließlich eingetreten, was sie schon lange als quälende Vorahnung mit sich herumgetragen hatte. Abends mussten sich alle Mitarbeiter des Lagers auf Mihaels Anordnung vor der Terrasse seines Hauses einfinden. Während der Geruch gegrillten Spanferkels durchs Lager zog, sich die aufgeblähten Bäuche der Kinder vor Schmerz zusammenzogen, las Toma eine Messe zu Ehren von Pavelić. Eingehüllt in sein mit Kreuzen besticktes Chorhemd, rühmte er ihn als gottgesandten Führer, pries erst noch die Kinder als Gottes Segen, mahnte die Liebe zu ihnen als oberstes Gebot. Immer aufbrausender wurde seine Stimme, bis er wie besessen und mit funkelnden Augen die kleinen Gefangenen als Ausgeburten der Hölle verteufelte, die ihre gerechte Strafe verdienten. Selbst Priester dürften nicht davor zurückschrecken, die Feinde Kroatiens mit Messern zu bekämpfen, auch wenn diese noch so klein waren. Schweißüberströmt und hochroten Kopfes hatte er dann begonnen, aus der Bibel vorzutragen, sprach von widerspenstigen Menschen, die an Felsen zerschmettert wurden, einem Gott, mächtig genug, einen nach dem anderen auszurotten.

Beim Essen ließ er fünf ältere Mädchen und Buben holen, die vor ihm den Kolo tanzen mussten. Während er beschwingte Weisen auf seinem Akkordeon spielte, mussten sie sich ihre Hände reichen, im Kreis drehen zu immer schnellerer Musik, bis die ersten von ihnen zu Boden sanken. Zutiefst angewidert hatte Ana das Fest verlassen. Sie sah nach den anderen Kindern, verteilte heimlich mitgenommenes Brot und Wurst. In der Nacht konnte sie kaum ein Auge zudrücken wegen des Lärms von Betrunkenen. Als sie endlich eingedämmert war, wurde sie von ihrer Freundin aus dem Schlaf gerissen. Mit zittriger Stimme berichtete sie, dass man Mihael unweit seines Hauses hinter einem Holzstapel gefunden hatte. Er war noch ansprechbar gewesen, hatte gekrampft, sich mehrfach übergeben, bevor er blau anlief und sich die Hände an den Hals drückte. Wenige Minuten später hatte seine Atmung ausgesetzt, sein Herz zu schlagen aufgehört.

Schon am nächsten Tag hatte sich Toma zum vorübergehenden Lagerkommandanten ernannt und sein Quartier in Mihaels Haus bezogen. Ana ahnte, dass Mihael keines natürlichen Todes gestorben war. Von Anfang an war er Toma ein Stachel im Fleisch gewesen, und sie wusste, dass er nicht davor zurückscheute, über Leichen zu gehen. In einem ersten Schritt entließ er ihm unliebsame Mitarbeiter, reduzierte die ohnehin schon viel zu knappen Essenslieferungen für die Kinder, um das Geld für seine eigenen Befindlichkeiten auszugeben. Das Lager wurde mehr und mehr zu seinem Lager, in dem er sich als unantastbarer Höllenfürst gebarte, vor dem die Untergebenen zurückschreckten, während er jede Kritik an seiner Person schon im Keim zu ersticken wusste.

Bereits nach wenigen Wochen neigten sich die Lebensmittelvorräte dem Ende zu. Kot und Urin bedeckten den schlammigen Innenhof, Ratten krochen über Stufen und Gänge in Räume, wo nachts Kinder mit Stöcken wachten, um nicht angenagt zu werden. Dort lagen sie in tiefem Dunkel, ohne zu wissen, weshalb sie hineingeraten waren in dieses Schattenreich, in dem sich Tag und Nacht nicht unterschieden. Man ließ sie im Glauben, ihre Mütter und Väter wären von Partisanen getötet worden, wie man es ihnen eingetrichtert hatte bei ihrer Ankunft im Lager.

Als wäre es nicht genug gewesen, die Kinder ihren Eltern zu entreißen, setzte Toma alles daran, sie ihrer Identität zu berauben. Man zwang ihnen einen fremden Glauben auf, zog ihnen ihre Haut ab, Tag für Tag. Mit den größeren, kräftigeren Jungen aber verfolgte er noch einen ganz anderen Plan. Indem er sie in Uniformen der Ustascha steckte, glauben ließ, sie wären zu Höherem berufen, wollte er seine eigene Armee heranziehen, bereit, für Glaube und Nation ihr Leben zu opfern. Während sie der unheimlichen Anziehung seines Schattenreichs erlagen, entglitten sie Ana zusehends. Ohnmächtig musste sie mitansehen, wie man den Willen der Jungen brach, sie zu gehorsamen Soldaten formte, die Gefallen fanden an ihrer plötzlichen Macht, ohne zu merken, welch teuflisches Spiel man mit ihnen trieb.

Andere Kinder flüchteten sich in Erinnerungen. Leise erzählten sie sich Geschichten einer versunkenen Zeit, als es noch Wiesen gab in sattem Grün, taunasses Gras, Bäche mit glasklarem Wasser, an denen sie spielten, auf der Jagd nach Fischen und schillernden Steinen. Ihre Geschichten wurden zum letzten Refugium für jene, die ohne Hilfe nicht mehr aufstehen konnten, denen die Mauern erdrückend nahekamen. Wer noch bei Kräften war, versuchte, sich gegen den Tod aufzubäumen, kämpfte mit Händen und Füßen um das wenige Essen, das, sobald erbeutet, an sicherem Platz verschlungen wurde.

Die Suche nach Nahrung trieb Ana mit anderen Schwesternhelferinnen immer häufiger zu umliegenden Höfen und Dörfern. Nie fragten die Menschen dort nach dem Lager, zu übermächtig schien die Angst. Aber man hatte ein offenes Herz für die Kinder, half, so gut es ging, mit Kleidung und Lebensmitteln, sodass die Frauen manchmal mit prall gefüllten Rucksäcken voll Brot, Kartoffeln oder Eiern zurückgekehrt waren, die sie wie Schätze hüten mussten, damit sie ihren Weg zu den Kindern fanden.

In diesem Chaos und Kampf ums Überleben versuchte Ana Tag für Tag, den Kindern Beistand zu leisten, Halt zu geben, und sie ließen sie spüren, wie unentbehrlich ihre Nähe war. Sooft es ging, scharte sie die Kleinen um sich, sang mit ihnen, spielte mit dem Wenigen, das vorhanden war. Von Zagreb hatte sie Bücher mitgebracht, aus denen schon ihr Großvater vorgelesen hatte, konnte die Kinder mitnehmen zu langen, gemeinsamen Reisen, so wie sie damals ihr Großvater mit seinen Geschichten mitgenommen hatte ins Reich der Riesen und Narren, Hexen und Magier.

War genügend Zeit vorhanden, bemühte sie sich, die Kinder für Lesen und Schreiben zu begeistern. Mit Schiefergriffeln konnten sie Buchstaben auf eine alte, schadhafte Tafel schreiben, die Ana in einem Schuppen gefunden hatte, und rasch bemerkte sie, dass es gerade diese kleinen Ablenkungen waren, die die Kinder aus ihrem Alltag fliehen ließen. Viele waren geradezu gierig danach, Neues zu lernen, saugten auf, was ihnen Ana über die Welt berichtete, während andere derart erschöpft waren, dass sie kaum noch ihre Augen offen halten konnten. Die Hoffnung, dass die Kinder das Lager in absehbarer Zeit wieder verlassen konnten, gab ihr die Kraft, jeden Tag ein Kapitel neuer Zuversicht aufzuschlagen.

Bei Toma dagegen riefen ihre Bemühungen großes Misstrauen hervor. Er konnte und wollte nicht verstehen, weshalb man um die kleinen Gefangenen so großes Aufsehen machte.

Eines Abends war er bei ihr im Zimmer gestanden, sichtlich betrunken, mit einer Flasche Schnaps in der

Hand. Von seinen Haaren rann Wasser ins Gesicht, tropfte auf den Boden. Er hatte seinen Mantel ausgezogen, sich aufs Bett gesetzt, eine Zigarette angezündet, zwei Gläser aus der Manteltasche gezogen. Nachdem er randvoll eingeschenkt hatte, drückte er Ana ein Glas in die Hand, das sie auf der Anrichte abstellte.

Augenblicklich hatte sich Tomas Miene verdüstert. Er kippte seinen Schnaps, stand auf, trat ans Fenster, stützte seine Hände auf die Brüstung. Schweren Atems hob und senkte sich sein Brustkorb, als er nach draußen sah, wo Regen zunehmend lauter an die Scheibe trommelte. Fast tat er ihr leid, wie er mit gesenktem Kopf dort stand, in einer so gebückten Haltung, als läge die ganze Last der Welt auf seinen Schultern. Wie unpassende Requisiten erschienen jetzt seine Uniform mit dem Ustascha-Abzeichen auf dem Kragen, seine schlammigen Stiefel, die er sonst immer blank poliert trug. Im matten Licht der Lampe fielen ihr seine Falten und dunklen Ringe unter den Augen auf, die ihn ungewohnt alt aussehen ließen.

Ruckartig hatte er sich umgedreht, sie mit einem dermaßen irren Blick angestarrt, dass sie Angst bekam, er würde sich jeden Moment auf sie stürzen. Sie leerte das Glas auf einen Zug, verzog den Mund wegen der ätzenden Schärfe. Er aber nickte zufrieden. Dann berichtete er von seinem Vorhaben, einen Teil der Kinder mit hochansteckenden Krankheiten aus dem Lager zu schaffen, um andere nicht zu gefährden, betonte mehrmals, dass sie die einzig Richtige war für diese Aufgabe, da sie sich besonders hervorgetan habe bei ihrer Arbeit. Nach einem weiteren geleerten Glas bat er sie um Erstellung einer Liste von dreißig Kindern, die am dringendsten Hilfe benötigten. Wie sie dabei vorging, wollte er allein ihrem Gespür überlassen, gab ihr freie Hand bei der Auswahl. Ana konnte nicht anders, als Ja zu sagen in jenem Moment.

Gleich am nächsten Tag war sie, getragen von einer lange nicht mehr gespürten Aufbruchsstimmung, durchs Lager gegangen, hatte sich Nummern der Blechschilder von Kindern notiert, die am Boden dahinvegetierten. Toma hatte strenge Geheimhaltung angeordnet bei der Erstellung der Liste, ließ sie zur alleinigen Richterin werden über Leben und Tod. Sie wusste, dass sie rasch handeln musste, denn mit jedem Tag, der verging, verließen weitere leblose Körper das Lager auf Josips Karren. Schweren Herzens wog sie jene, die sie besonders liebgewonnen hatte, ab mit an Typhus, Ruhr, Fleckfieber Erkrankten. Bis auf die Knochen Abgemagerte wurden vor besser Genährte gereiht, Schwache vor Kräftige, Kleine vor Größere. Unzählige Male überarbeitete sie ihre Liste, strich Nummern, tauschte sie mit anderen, denen sie das Tor öffnen wollte in eine bessere Zukunft. Besonders Nino bereitete ihr Kopfzerbrechen, der seit Tagen an einer schweren Durchfallerkrankung litt. Sie konnte sich nichts Besseres vorstellen, als ihn dort zu wissen, wo er gut aufgehoben war, in Freiheit. Und doch hatte sie sich schlussendlich dafür entschieden, ihn unter ihrer Obhut zu lassen, damit sie für ihn und seine Krankheit da sein konnte, zumal sie es kaum zustande gebracht hätte, ihn gehen zu lassen. An seiner Stelle fand ein gleichaltriger Junge Einzug auf der Liste.

Nach zwei schlaflosen Nächten, in denen die Gesichter der Kinder in ihrem Kopf zunehmend durcheinandergerieten, wie aus dem Rachen des Todes schrien, setzte sie einen Schlussstrich, überreichte die Liste der dreißig Auserwählten Toma, der sie wortlos entgegennahm.

„Sag, Ana, wie lange mussten wir warten, bis Kroatien in unserem Glauben auferstehen konnte?", fragte Damir, als er wieder an den Tisch zurückgekehrt war. „Jahrhundertelang hat unser Volk für seine Nation gekämpft, bereit, alles dafür zu geben. Vielleicht haben manche zu aufopfernd ihre Pflicht erfüllt, das will ich nicht beurteilen. Ich bin Priester und kein Richter. Aber auch Sünder verdienen Barmherzigkeit."

„Und die Stimmen der Kinder in den Lagern? Sie sind für immer verstummt."

„Ich gebe dir recht. Für unsere Fehler müssen wir einstehen, das lehrt uns die Heilige Schrift, daran appelliert unser Gewissen jeden Tag aufs Neue. Aber vor Gott haben wir in meinen Augen nichts zu verbergen. Es war seine Vorsehung, dass wir –"

„Lass bitte Gott aus dem Spiel!", fiel ihm Ana ins

Wort. „Mit welcher Begründung sollten wir vor ihm unsere Taten rechtfertigen?"

„Was hast du vor ihm zu rechtfertigen, Ana? Mach aus deinem Herzen keine Mördergrube. Du selbst weißt am besten, was du getan hast, dass du frei bist von jeglicher Schuld. Gott kann vergessen, verzeihen, und seine Liebe ist groß wie die Liebe einer Mutter zu ihrem Kind. Du hast die Kinder ausgewählt, um ihnen ihr Leben zu schenken, nicht, um sie zu töten."

Fassungslos sah sie Damir an. Er konnte unmöglich wissen, was geschehen war an jenem Tag, der ihr Leben für immer verändert hatte, und doch verunsicherten sie seine Worte. Wieder tauchten Gesichter der Kinder auf, die sie auf ihre Liste genommen hatte, die sie anklagten, anflehten, ihr so nahegingen, als würde sie Toten gegenüberstehen auf der Anklagebank. Mit der Hand versuchte sie, aufsteigende Tränen zu verdecken.

Pochenden Herzens fand sie sich im Lager wieder, wenige Tage nach Abgabe der Liste. Josip fuhr mit seinem Pferdekarren über schlammigen Untergrund, rief ihr im Vorbeifahren zu, er bedaure den Tod der kleinen Zwillinge, die ihn immer wieder so herzhaft zum Lachen gebracht hatten. Sie hatte wegen des Regens und Windes nicht gut verstanden, ihm nachgeschrien, was er denn damit meine, war ihm nachgelaufen, bis er endlich seinen Wagen zum Stehen brachte. Sichtlich betreten hatte er seine Worte wiederholt, auf den vollbeladenen Karren gedeutet, ihr sein Totenbuch in die Hand gedrückt, das sie mit zittrigen Fingern öffnete. Während sie las, wallte schubartig Blut auf. Sie fühlte sich wie auf glühenden Kohlen, kalten Schweiß auf der Stirn. Auf den Blättern waren nicht nur die Nummern 338 und 339 geschrieben, die sie ohne jeglichen Zweifel den Zwillingen zuordnen konnte, es fanden sich auch Nummern anderer Kinder darauf, die sie auf die Liste genommen hatte. Ihr war, jemand würde mit aller Gewalt ihr Herz abdrücken in jenem Moment. Gebetsmühlenartig glitten Namen über ihre Lippen, die sie eben erst ausgewählt hatte, als müsste sie sich laut vorsprechen, was sie nicht wahrhaben wollte.

Josip hatte kurz zugewartet, ungeduldig das vom Regen aufgeweichte Buch wieder an sich genommen. Mit einem leisen Pfiff gab er seinem Pferd das Signal zum Aufbruch, und langsam hatte sich das klapprige Gefährt in Bewegung gesetzt. Ana war dem Wagen hinterhergerannt, ausgerutscht, und während sie wie von Sinnen im strömenden Regen lag, ihr der Wind in die Glieder fuhr, hatten sie hinter Fenstern Kinderaugen angestarrt mit verständnislosem Blick.

Längst war der Leichenwagen hinter dem Tor verschwunden gewesen, als sie sich in einer Mischung aus Wut und Verzweiflung aufgerichtet hatte und zu Tomas Haus gerannt war. Sie fand ihn im halbdunklen Schlafzimmer, wo es nach Rauch stank und Alkohol. Laut schnarchend lag er im Bett neben Biserka, die beim Betreten des Zimmers aufgesprungen war, ihr giftige Blicke zuwarf. Ana rüttelte an Tomas Schultern, fragte schreiend nach den Kindern der Liste. Er aber grunzte nur, stöhnte auf, als würde er träumen. Erst als ihm Biserka unter schrillem Gelächter die Decke vom Körper zog, mit ihrer Hand auf seinen nackten Hintern schlug, drehte er sich um, runzelte seine Stirn, herrschte Ana an, augenblicklich zu verschwinden. Noch einmal hatte sie laut und deutlich ihre Frage nach dem Verbleib der Kinder wiederholt. Sein Gesicht hatte sich hochrot verfärbt. Fluchend stand er auf, griff nach einer leeren Flasche, die er in Anas Richtung warf. Mit lautem Knall zerbarst sie am Boden. Er torkelte auf sie zu, blieb wenige Zentimeter vor ihr stehen. Sie wich keinen Zentimeter zur Seite, fuhr ihn an, ihre Hilfe ausgenutzt, sie schamlos belogen zu haben, was ihn nur noch mehr in Rage brachte. Mit aufgerissenen Augen stand er vor ihr, hob drohend seinen Arm. Er spuckte auf den Boden, rief nach seinen Rüden, stieß sie gegen einen Stuhl, schwankte, verlor das Gleichgewicht. Bevor sie wusste, wir ihr geschah, hatte er sie schon mit seinem ganzen Gewicht niedergerissen. Schwer atmend lag er auf ihrem Rücken, drückte ihr Gesicht zu Boden. Sie spürte eine Scherbe, die sich in ihren Hals bohrte, um den sich seine Hände gelegt hatten wie ein Würgeeisen. In Todesangst schrie sie auf, schlug um sich, versuchte, sich loszureißen, aber Tomas Finger drückten nur noch fester zu.

Dann wurde ihr schwarz vor den Augen.

„Es war nicht deine Schuld", wiederholte Damir seine Worte.

„Woher weißt du von der Liste?", fragte sie nach einer Weile und trank einen Schluck Wasser.

„Du bist nicht die Einzige aus dem Lager, die auf der Flucht ist. Und man hat mir viel zugetragen aus unserer Heimat."

„Wer hat dir davon erzählt?"

„Ich bin seit langem informiert. Aber ich bin der Letzte, der dir daraus einen Strick drehen würde. Du hast dem Teufel deine Liste gegeben, aber ihm ganz sicher nicht deine Seele verkauft!"

„Hätte ich gewusst, was er im Schilde führt, hätte er die Liste nur über meine Leiche erhalten. Dafür ist es jetzt zu spät."

„Du hast ihm das Menschliche nicht abgesprochen, Ana, an das Gute in ihm geglaubt. Das war nicht nur dein Recht, sondern verdient größte Hochachtung."

Während er vom Guten und Bösen im Menschen sprach, sich in immer höheren Sphären verlor, war ihr, als würde der Boden unter ihren Füßen weggezogen. Wieder stieg eine ungeheure Wut auf beim Gedanken an ihre Machtlosigkeit im Lager, die Verschlagenheit Tomas, dem sie von Anfang an misstraut hatte und ins offene Messer gelaufen war. Was blieb, waren Schuldgefühle, die sich wie ein Tumor immer tiefer in ihr Leben fraßen. Damals hatte sie sich verraten gefühlt, ausgeliefert, war bei jenen in Ungnade gefallen, die ihre Version der Geschichte nicht glauben wollten. Am meisten aber hatte es sie gekränkt, dass sich die Kinder zurückzogen, von ihr abwandten, plötzlich nicht mehr in ihre Augen blicken konnten. Für sie hatte sich Ana über Nacht in eine Schlange verwandelt, der man nicht über den Weg trauen durfte, und der Name blieb an ihr haften wie ein Schandmal. Auch der letzte Funken Hoffnung, den sie noch in sich getragen hatte, war erloschen, all das, was sie über Monate hinweg aufgebaut hatte, wie ein Kartenhaus in sich zusammengestürzt. Toma hatte sie bis auf die Knochen spüren lassen, welch verschwindend kleiner Punkt sie war in seinem Schattenreich, in das er sie hineingezogen hatte, um sie für alle Ewigkeit darin gefangen zu nehmen.

Vor ihren Freunden hatte sie niemals ein Wort über die Liste verloren. Umso mehr traf es sie nun, dass Damir nicht von ihr, sondern jemandem anderen Kenntnis davon erlangt hatte. Nun war eingetreten, wovor sie immer so unbändige Angst gehabt hatte, das Tor zum dunkelsten Kapitel ihrer Vergangenheit aufgebrochen. Sie wünschte, im Erdboden zu versinken, schämte sich, nicht schon längst die Wahrheit ans Licht gebracht zu haben.

„Der Mensch ist ein abgrundtiefes Geheimnis", führte Damir zu Ende. „In manchen Menschen wohnt seit jeher das Böse, dem wir uns stellen müssen, jeden Tag aufs Neue. Dagegen müssen wir mit all unserer Kraft ankämpfen. Nicht gegen Fleisch und Blut, sondern gegen eine Gewalt, die viel höher ist. Aber Gott kennt die, die sein sind. Und du bist eine von ihnen."

„Anstatt die Kinder zu retten, habe ich sie wie Lämmer zur Schlachtbank geführt. Und was tue ich jetzt? Ich streue mir Asche aufs Haupt. Ich gebe keine Antwort, weil ich keine Antwort geben kann."

„Du musst dich vor mir nicht rechtfertigen, Ana. Weiß der Teufel, weshalb Toma an den Kindern mit Gas experimentieren ließ. Wir werden es nicht mehr erfahren. Dafür, dass er sich an Gottes Stelle gesetzt hat, wurde er auf Erden gerichtet. Und er wird seine gerechte Strafe erfahren vor dem Jüngsten Gericht."

Unsichtbare Hände legten sich um ihren Hals, ließen sie nach Luft ringen. Plötzlich schien ihr ganzer Körper zu rebellieren, ihr schwindelte, war kalt und heiß zugleich. Wieder waren Gesichter da, Töne, Gerüche. Sie stand in der Mitte des Lagers, umringt von Kindern, die hoffnungsvoll zu ihr aufsahen. Ein Mädchen zog an ihrem Kleid, sie nahm es in die Arme, spürte seine Knochen, kaum sein Gewicht. Dann war sie im Krankenlager, wo ein fieberglühender Bub nach ihrer Hand griff, ohne sein Schicksal zu ahnen, das ihn bald schon ereilen sollte. Beide hatte sie auf ihre Liste genommen, um ihr Leben zu retten. Beide hatten wegen der Liste ihren Tod durch Gas gefunden.

Den Kopf auf ihre Hand gestützt, blickte sie auf die Wunde an der Wade. Das Gespräch hatte etwas in ihr gelöst, das sich seit langem aufgestaut hatte, und als wäre ein Damm geborsten, brachen Tränen aus ihren Augen.

Damir war aufgestanden. Er legte seinen Arm um ihre Schulter, griff nach ihrer Hand, die zitterte.

„Ich stehe felsenfest an deiner Seite", sagte er. „Du hast das Deine getan, wie es richtig war. Ein Gerechter fällt siebenmal und steht siebenmal wieder auf."

Er reichte ihr ein Taschentuch, wartete, bis sie sich wieder etwas gefangen hatte. Dann räusperte er sich.

„Ich möchte dich wirklich nicht damit belasten, aber es liegt mir schon die ganze Zeit im Magen. Man hat mir Protokolle geschickt von Tomas Prozess. Er hat dich vor Gericht verleumdet, Ana. Er hat dir den Tod der Kinder angelastet. Selbst seinen eigenen Tod vor Augen, ist er nicht davor zurückgeschreckt, dich in Verruf zu bringen. Deine handschriftliche Liste liegt den Kommunisten als Beweismittel vor."

Ana zeigte keine Reaktion. Schon vor ihrer Flucht war ihr klar gewesen, dass man nach ihr suchen würde, und während ihres Aufenthaltes in Altaussee blieb genügend Zeit, sich in langen Nächten Vergangenem zu stellen.

„Ich weiß genau, was ich getan habe", sagte sie etwas gefasster. „Und ich habe keine Angst vor denen, die mich suchen. Mein Leben mag in Gefahr sein, aber die Toten belasten mich mehr."

„Wir bewegen uns auf dünnem Eis. Belgrad hat vor kurzem Auslieferungsanträge gestellt, auf denen sich auch dein Name findet. Du bist auf einer

Liste mit gesuchten Kriegsverbrechern, Ana, und du weißt, was geschieht, wenn man dich verhaftet und ausliefert. Um die Amerikaner müssen wir uns keine Sorgen machen. Sie werden nichts unternehmen, von dem ich nicht rechtzeitig erfahre. Aber die Kommunisten und ihr Geheimdienst haben einen langen Arm. Zumindest haben wir deine Ausreise schon ein großes Stück weit vorangebracht, und es dauert nicht mehr lange, bis du endlich in Sicherheit bist."

Er ging zum Kasten, zog einen Stadtplan aus der Schublade.

„Wir sind hier", sagte er und versah die Kirche, in der sie sich befanden, mit einem dicken Kreuz. „Und dort", er markierte ein Gebäude auf der gegenüberliegenden Flussseite, „am Fuße des Kapuzinerberges, liegt das Haus, in dem du deinen neuen Ausweis erhältst. Ein sehr zuvorkommender Mann namens Dr. Novak erwartet dich dort."

Ana schnäuzte sich, leerte ihr Glas.

„Was schulde ich dir, Damir?"

„Eine Postkarte aus Argentinien", antwortete er und drückte ihr den Plan in die Hand. „Mehr kann ich mir nicht erhoffen."

„Ich würde mich freuen, wenn du mich dort besuchst."

„Wir werden sehen, welche weiteren Wege Gott für uns vorbestimmt hat. Erst einmal ist es wichtig, dass du gut in deinem neuen Leben ankommst. Die Reise ist lang, aber glaub mir, sie führt dich hinaus zum Licht. Melde dich, wenn du in Genua bist, Ana. Ich warte auf deinen Anruf." Er blickte auf seine Uhr. „Jetzt musst du mich bitte entschuldigen."

„Sei mir nicht böse, ich habe die Zeit völlig aus den Augen verloren!" Hastig stand sie auf. „Wann denkst du, dass ich die Stadt wieder verlassen muss?"

„Ich werde mich um alles Weitere kümmern und gebe dir Bescheid, wenn es so weit ist."

„Danke für deine Hilfe, für deine Zeit und Gastfreundschaft. Und ich danke dir von Herzen, dass du mich nicht verurteilst."

„Durch Gastfreundschaft haben einige, ohne es zu ahnen, Engel beherbergt", sagte er und umarmte sie innig. „Pass gut auf dich auf. Wir sollten keine schlafenden Hunde wecken. Wenn du irgendetwas benötigst, gib mir Bescheid. Bei unserem Wiedersehen wirst du nicht mehr die Ana Sadak sein, die ich kannte, aber glaub mir, du wirst dich wie neugeboren fühlen!"

Beim Verlassen der Kirche wurde sie von einem Schwall schwüler Luft empfangen. Sie atmete auf, genoss die wohltuende Wärme. Nach wenigen Schritten erklang in der Nähe ein Lied mit verstimmt hallenden Glockentönen, und einige Menschen hoben neugierig ihre Köpfe, blickten hinauf zum Turm, wo die Musik herkam. Auch sie lauschte der Melodie mit einem seltsam unbeschwerten Gefühl. Die Aussprache mit Damir hatte ihr gutgetan, als hätte sie die Beichte abgelegt, ihre Last mit ihm geteilt. Nun war ihr wohler zumute, dass sie das Wissen über die Liste nicht länger wie ein abgrundtiefes Geheimnis vor ihm hüten musste aus Angst, er könnte sie für immer fallen lassen.

Als das Musikstück wieder von vorne begann, suchte sie die Besenverkäuferin auf, die mit unveränderter Miene im Hausdurchgang saß. Sie fragte sie nach einem Kleidungsgeschäft, steckte der Frau eine Münze zu und empfing überschwänglichen Dank. Auf der Suche nach dem Modehaus fiel ihr ein hagerer Mann mit Mütze auf, den sie schon auf dem Hinweg bemerkt hatte. Er stand vor einer Auslage, drehte sich für einen Moment in ihre Richtung, senkte seine Augen, als sich ihre Blicke kreuzten.

Nachdem sie neue Strümpfe besorgt und das Geschäft wieder verlassen hatte, war der Mann verschwunden. Sie ging weiter zur Staatsbrücke, wo sich gerade tumultartige Szenen abspielten. Hilfspolizisten hatten zwei junge Männer umringt, forderten sie nach Kontrolle ihrer Ausweise auf, ihre prall gefüllten Rucksäcke abzunehmen. Einer der Männer hatte zu schreien begonnen, beschimpfte die Polizisten, die sich alle Mühe gaben, ihn zu bändigen. Wie auf ein stilles Kommando hin rannte plötzlich der zweite Mann los, aber er kam nicht weit, wurde gepackt, zu Boden gerissen. Trotz heftiger Gegenwehr nahmen ihm die Polizisten seinen Rucksack ab, der der Belastung nicht standhielt und an der Unterseite aufplatzte. Vor den Füßen der

Polizisten ergossen sich Blaukraut, Kartoffeln, Zigaretten, Seifenstücke, Rasiermesser und ein Fahrradschlauch. Nun musste auch der andere Mann seinen Rucksack öffnen, während die Polizisten Mäntel, Hemden und Stutzen durchsuchten, weitere Zigarettenpackungen zutage förderten. Mit harschem Tonfall ordneten sie Schaulustige zum Weitergehen an, die sich traubenartig um den Ort des Geschehens versammelt hatten, führten die beiden Schwarzhändler in Handschellen ab.

Ana wartete, bis sich die Ansammlung aufgelöst hatte und querte die Salzach. Der Krieg hatte seine Spuren auch in der Linzer Gasse hinterlassen, die gleich nach der Brücke parallel zum Kapuzinerberg verlief, leicht nach oben anstieg. An jeder Ecke waren Gerüste an den Mauern zu sehen, wurden Ziegel abtransportiert, Fenster getauscht, Wände hochgezogen. Frauen mit Kopftüchern, alte Männer, selbst kleine Kinder legten Hand an in der Trümmerlandschaft. Und doch schien es, als würden die Häuser oder das, was von ihnen übriggeblieben war, nur notdürftig instandgesetzt, um zumindest den Schein einer makellosen Stadt zu wahren. An einer der zerstörten Häuserwände, auf der ein großer Bogen in den Farben blaugelb-rot aufgemalt war, dem Erkennungszeichen der amerikanischen *Rainbow Division*, lehnten zwei Männer mit nackten Oberkörpern, rauchten, sahen dem Treiben in der Gasse zu. Dahinter spielten Kinder, benutzten einen auf Ziegeln und Betonbrocken hochgelagerten Eisenträger als Rutsche, um ungebremst in den Bauschutt zu rasen.

Wie aus heiterem Himmel wehte plötzlich eine Staubwolke die Gasse hinab, traf mit voller Wucht Anas Augen. Für einen Moment war sie blind, blieb stehen, wischte sich Tränen aus dem Lid. Sie öffnete die Augen einen winzigen Spalt. Vorsichtig setzte sie einen Fuß vor den anderen, spürte wieder die Machtlosigkeit, die ihr in Altaussee den letzten Nerv geraubt hatte.

Ein Gewirr lärmender Stimmen drang näher. Verschwommen nahm sie Gesichter von Schulkindern wahr, rempelte versehentlich einen Buben an, der sich betreten bei ihr entschuldigte. Am Ende der Gasse bog sie in einen Hausdurchgang ab, folgte dem von Damir beschriebenen Weg, der sie geradewegs zum gesuchten Gebäude führte. Gänzlich im Schatten gelegen, klebte das alte Haus am Fuß des Felshangs. Davor war Gerümpel gelagert, in dem junge Männer wühlten, für einen Augenblick innehielten, als sie an ihnen vorüberging.

Sie kontrollierte ihr Gesicht mit einem Taschenspiegel, öffnete die schwere Eingangstür mit der vergitterten Milchglasscheibe. Als sie hinter ihr ins Schloss gefallen war, fand sie sich auf einem Flur, in dem sich ihre Augen erst langsam an die Dunkelheit gewöhnen mussten. Sie suchte den Lichtschalter, sah sich um, ohne einen Hinweis auf die Ausweisstelle zu finden.

Dann hielt sie inne. Seit langem wusste sie, was Damir für sie in die Wege geleitet hatte, hatte Kenntnis davon, dass sie in Salzburg einen neuen Namen erhalten würde, eine neue Identität. Und doch überkam sie nun, nur wenige Schritte von ihrer Wandlung entfernt, ein befremdliches Gefühl, hatte sie plötzlich Angst vor dieser Fremden, zu der sie werden musste zu ihrem eigenen Schutz. Einen Moment lang sehnte sie sich zurück in die Abgeschiedenheit des Waldes, wo die Zeit grenzenlos schien.

Schritte hallten am Gang. Ein Mann kam ihr entgegen, zog den Hut zum Gruß. Er trug eine Aktentasche in der einen und einen großen, quadratischen Gegenstand in der anderen Hand, der in Packpapier eingeschlagen war. Als er an ihr vorüberging, fasste sie sich ein Herz und fragte nach dem Büro von Dr. Novak. Misstrauisch musterte sie der Mann, bevor er ihr den Weg zum Büro wies.

Im obersten Stock angekommen, führte die Treppe direkt auf eine Tür zu, die halb offenstand. Auf einem blankpolierten Messingschild konnte Ana *Dr. Lado P. Novak. Rechtsanwalt. Verteidiger in Strafsachen* lesen, klopfte zaghaft an, um gleich darauf einem in feinen Zwirn gekleideten Mann gegenüberzustehen.

„Damir hat mich unterrichtet, dass ich heute von einer bezaubernden Person aufgesucht werde", sagte er mit leicht kratziger Stimme. „Ich muss gestehen, er hat mit keinem Wort gelogen. Wenn ich Sie jetzt hereinbitten darf, es ist alles für Sie vorbereitet."

Sie nahm in dem kleinen Zimmer hinter dem Tisch Platz, der vor Stapeln an Papier und Mappen überquoll. Fast verloren lugte dazwischen eine Schreibmaschine hervor, deren dunkelroter Lack den Schein der Tischlampe reflektierte. Das Zimmer selbst war düster. Nur durch ein winziges Fenster, einem Bullauge gleich, fiel etwas Licht auf Rauchschwaden, die dicht im Raum standen, sich mit dem Geruch schweren Parfums vermengten. Dr. Novak zündete sich eine Zigarette an, zog einen Stoß Formulare aus der Schublade, von denen er einen Teil wieder in der Lade verschwinden ließ.

„In Zeiten wie diesen müssen viele Menschen von Pontius zu Pilatus laufen, um das zu bekommen, wonach sie trachten. Wir aber können die Dinge Gott sei Dank gleich hier vor Ort erledigen.“ Er machte eine kurze Pause, als würde er Worte des Danks erwarten.

„Hier sind also die Reisedokumente für Ihr neues Leben, Frau Mack“, sagte er dann und reichte ihr wie in einem festlichen Akt die Formulare über den Tisch.

„Sadak“, korrigierte Ana.

„Mack“, wiederholte Dr. Novak, während sich seine Mundwinkel leicht nach oben zogen.

Sie betrachtete das Dokument, das auf den Namen Hanna Mack ausgestellt war, überflog, was darauf in dünnen Lettern geschrieben stand:

Dieses Dokument wurde auf Ersuchen des Inhabers ausgestellt, da dieser erklärt, weder einen gewöhn-

*lichen noch einen provisorischen Pass zu besitzen,
noch sich einen solchen beschaffen zu können. Unter-
zeichneter Delegierter des Internationalen Komitees
vom Roten Kreuz erklärt, er habe dieses Schriftstück
ausgestellt, um dem Inhaber zu gestatten, seine An-
wesenheit an seinem gegenwärtigen Aufenthaltsort zu
rechtfertigen und ihm die sofortige oder spätere Rückkehr in sein Ursprungsland oder seine Auswanderung
zu erleichtern. Er bestätigt, von ihm nachstehende An-
gaben über seine Personalien erhalten zu haben.*

„Lassen Sie sich nicht von dem Juristendeutsch ab-
schrecken", sagte Dr. Novak. „Im Grunde genommen
ist die Sache ganz einfach. Das Rote Kreuz war so
liebenswürdig und hat uns diesen kleinen Dienst
erwiesen. Mehr als die erste Fahrkarte in die Freiheit kann ich Ihnen leider nicht anbieten. Aber ich
wage zu hoffen, dass ich Sie damit ein klein wenig
beglücken kann. Dürfte ich Sie jetzt bitten, mir noch
auf einige Fragen Antwort zu geben." Er nahm das
Dokument wieder an sich, blätterte auf die richtige
Seite.

„Waren Sie Kriegsgefangene, Internierte, Depor-
tierte oder jemals als Zivilarbeiterin beschäftigt?"
Ana schüttelte den Kopf.

„Ihre Haare sind nicht gefärbt, nehme ich an?"
Wieder verneinte sie, und Dr. Novak fügte die fehlen-
de Stelle im Feld ein.

„Schwarz also. Ihre Augenfarbe?"

„Ich nehme an, rötlich."

Überrascht blickte er auf.

„Wenn sie nicht gerade gereizt sind, habe ich hellbraune Augen mit einem blassgrünen Schimmer um die Pupille."

„Braun also", ergänzte Dr. Novak die Liste. „Und die Nase scheint geradezu wie ein formvollendetes Gedicht. Um alles unter Dach und Fach zu bringen, brauche ich jetzt noch ein kleines Foto, das ihr hübsches Antlitz ziert." Lustvoll zog er an seiner Zigarette, blies den Rauch steil in die Luft. „Wenn Sie gestatten, möchte ich bei dieser Gelegenheit gleich um Ihre Hand anhalten." Er dämpfte die Zigarette aus, stand auf, blieb dicht hinter ihr stehen. Dann griff er nach ihrer rechten Hand, die sie reflexartig wegzog. Er lachte auf, nahm die Hand noch einmal in seine und führte ihren Daumen mit sanftem Druck in das dunkle Blau eines geöffneten Stempelkissens. Anschließend drückte er ihn etwas fester aufs Papier, wobei er darauf achtete, dass sie den Finger anpresste und nicht abrollte. Nach einer letzten Prüfung zog er zufrieden ein Tuch aus seinem Anzug, tunkte es mit der Spitze ins Wasserglas und wischte ihr vorsichtig die Farbe vom Finger.

„Kurz und schmerzlos, nicht wahr?", sagte er. Ana griff in ihre Handtasche, suchte nach einem Passfoto, das noch aus ihrer Zeit in Zagreb stammte.

„Nur ein klein wenig Klebstoff, schon fügt sich Ihr Gesicht mit Ihrem neuen Namen zu einem zauberhaften Ganzen", sagte Dr. Novak und heftete das Foto an die vorgesehene Stelle. „Wenn Sie so liebenswürdig wären, hier zu unterschreiben."

Er schob Ana das Dokument zu, wurde vom kreischenden Klingelton des Telefons unterbrochen. Dreimal rief er fragend „Hallo?" in die Leitung, bevor er wieder auflegte. Ana blättere noch einmal aufmerksam im Papier.

„Jetzt folgt der finale Akt", sagte Dr. Novak. „Dazu möchte ich Sie bitten, das Dokument mit Ihrem neuen Namen zu unterzeichnen. Ich weiß, das mag Ihnen ein wenig absonderlich erscheinen. Aber selbst wir haben hier Regeln, an die wir uns zu halten haben."

Ana zuckte mit den Schultern, unterschrieb mit Hanna Mack.

„Gut", sagte Dr. Novak, „dann darf ich Sie beglückwünschen. Ab sofort gelten Sie als von den Kommunisten vertriebene Donauschwäbin. Sie sind jetzt staatenlos, was Ihnen Anrecht gibt auf dieses Dokument und die geplante Ausreise. Damit sollten Sie ohne Probleme bis nach Genua kommen, wo man Ihnen das Visum für Ihre Weiterfahrt ausstellen wird. Meine italienischen Kollegen sind über Ihre Ankunft informiert, und ich darf Ihnen mitteilen, dass das argentinische Konsulat Ihrer Einreise bereits zugestimmt hat."

„Was geschieht mit meinem alten Ausweis?"

„Sollten Sie sentimental veranlagt sein, können Sie ihn zu Erinnerungszwecken aufheben. Ansonsten rate ich Ihnen, ihn so rasch wie möglich unschädlich zu machen. Sie werden sich gewiss mit Ihrem neuen Namen anfreunden."

„Hanna Mack, ist sie eine erfundene Person, oder trage ich den Namen einer Toten?" Dr. Novak sah sie erstaunt an und dämpfte seine Zigarette aus.

„Damir hat Ihnen scheinbar nicht viel über unsere Arbeit erzählt. Aber keine Sorge, ich kann Sie wegen Ihrer Frage beruhigen. Wir gehen hier hochprofessionell vor und hatten noch nie Probleme mit unseren ausgestellten Papieren. Namen von Toten werden Sie auf keinem einzigen unserer ausgestellten Papiere finden. Schlimmstenfalls wird der eine oder andere als Überlebender eines Konzentrationslagers angeführt, wenn es zum eigenen Schutz nötig ist. Wir und die kroatische Caritas geben hier ganz im Sinne unserer christlichen Nächstenliebe unser Bestes, all jenen zu helfen, die ein neues Leben beginnen wollen. Sie können mir glauben, unser Verbindungsmann in Rom, ein ehrwürdiger Bischof, lässt keines seiner Schäfchen im Stich."

Wohlwollend nickte er ihr zu, stand auf, und auch Ana erhob sich von ihrem Stuhl.

„Laut Eintrag in den Papieren bleibt Ihnen exakt ein Jahr Zeit für Ihre Ausreise", sagte er. „Wenn Sie also nicht in den Alpen abhandenkommen oder in Italien an den rechten Mann geraten, sollten Sie fristgerecht in sicherem Hafen sein." Dann wurde seine Miene ernst.

„Ich gehe davon aus, nicht extra betonen zu müssen, dass alles, was wir hier für Sie tun, unter dem Siegel der Verschwiegenheit bleibt. In Zeiten wie diesen wollen noch viele ihren Kopf aus der Schlinge ziehen, nicht wahr. Es gibt genug zu tun, damit unsere Leute eine neue Heimat finden und niemand unschuldig am Galgen landet." Lächelnd sah er sie an.

„Ich weiß Ihre Hilfe sehr zu schätzen", sagte Ana. „Vielen Dank, dass Sie sich meiner Sache angenommen haben."

Abwehrend schüttelte Dr. Novak seinen Kopf.

„Der Dank gebührt einzig und allein Damir. Damit Sie die Papiere erhalten, hat er sich für Sie stark gemacht, seine Hand ins Feuer gelegt, alle Hebel in Bewegung gesetzt, die nötig waren. Sie können sich glücklich schätzen, einen Menschen wie ihn an Ihrer Seite zu wissen. Jedenfalls hoffe ich, dass Sie schnell hineinwachsen in Ihre neue Haut und sich darin wohlfühlen."

Er öffnete die Tür, vor der ein älterer Mann wartete, der seinen Hut zog, fast untertänig grüßte. In diesem Moment läutete erneut das Telefon. Hastig verabschiedete sich Dr. Novak, ging zurück ins Zimmer, und während sie die steile Treppe hinunterstieg, hörte sie ihn aufgebracht „Ja" rufen, mehrmals „Nein", bevor er den Hörer auf die Gabel knallte.

IV

Über den Berg

Damirs Anruf hatte sie erreicht, als sie fast schon eingeschlafen war. In knappen Sätzen hatte er ihr mitgeteilt, sich bereitzumachen, da sie Martin am nächsten Morgen mit dem Auto abholen würde. Das Nötigste wäre in den Rucksack zu packen, die Wanderung würde zwei Tage in Anspruch nehmen und erfordere gutes Schuhwerk.

Ana hatte erst verstanden, als Damir bereits aufgelegt hatte. Die Situation musste sich zugespitzt haben, soviel stand fest. Noch bei ihrem letzten Treffen, das sie auf einem schattigen Waldweg zu einem kleinen, dem Heiligen Franziskus gewidmeten Schlösschen auf dem Kapuzinerberg führte, hatte er von den Planungen ihrer Weiterreise erzählt. Vor Mitte Juli, hatte er beim Mittagessen in dem herrschaftlichen Gebäude gemeint, wäre es kaum möglich, die Fahrt über den Brenner in Angriff zu nehmen. Einige Mitreisende müssten auf die erforderlichen Papiere warten, und es würde dauern, bis alles erledigt sei. Jetzt aber zeigte das Kalenderblatt noch nicht einmal Mitte Juni, was sie irritierte, beim Packen wie ein Tier im Käfig vor sich hertrieb.

In der Früh, während sie auf Martins Ankunft wartete, steckte ihr die Müdigkeit schwer in den Gliedern. Als er nach einer halben Stunde Verspätung noch immer nicht aufgetaucht war, trug sie ihr Gepäck vor die Haustür, hielt bei leichtem Nieselregen unter dem Vordach nach seinem Auto Ausschau. Die Minuten vergingen so langsam, wie sich die Schlaglöcher auf der Straße mit Wasser zu füllen begannen. Eine ältere Hausbewohnerin trat aus dem Haus, schwer auf ihren Gehstock gestützt. Sie grüßte Ana, berichtete von befremdlichen Geräuschen aus dem Keller, einem rußgeschwärzten Amerikaner, der am Morgen versucht hatte, über die Kohlenrutsche ins Freie zu gelangen.

„Er wird die Nacht zum Ausnüchtern genutzt haben", mutmaßte sie, nahm ihren Tellerhut ab und richtete ihre strohweißen Haare. „Wissen Sie," sagte sie geheimnisvoll und nicht, ohne sich vorher umgesehen zu haben, „bei diesen Soldaten habe ich kein gutes Gefühl. Nach außen geben sie sich bezaubernd. Aber wer weiß, was sie alles auf dem Kerbholz haben. Ich traue dem Frieden nicht. Haben Sie übrigens schon gehört, dass Sigrid verschwunden ist?"

„Die Kleine von Frau List?"

„Sie war gestern Nachmittag auf dem Rückweg von ihrer Tante, die gleich ums Eck wohnt. Seither ist sie wie vom Erdboden verschluckt. Nur ihren Puppenwagen hat man gefunden, nicht weit von unserem Haus entfernt. Die arme Frau List ist den ganzen Abend durch die Straßen gelaufen und völlig aufgelöst. Man hört ja so einiges. Immer wieder verschwinden Kinder in unserer Stadt, und die Militärpolizei scheint kein großes Interesse daran zu haben, etwas zu unternehmen. Wohin geht denn Ihre Reise?"

„Zu meiner Schwester", erwiderte Ana nach kurzem Überlegen. „Ich werde mich für längere Zeit bei ihr einquartieren."

Die Frau war schon wieder gegangen, als Ana das tiefe Brummen eines Motors hörte. Sie musste schmunzeln beim Anblick des gedrungenen, schwarzlackierten Wagens, der um die Ecke bog, hinter dessen Windschutzscheibe ein fülliger Mann mit Priesterhut saß.

„Entschuldigen Sie vielmals meine Verspätung", sagte Martin, während er schwerfällig aus dem Wagen stieg. „Das Auto, mit dem ich Sie abholen sollte, hat leider seinen Geist aufgegeben. Wir müssen jetzt mit dem Steyr-Baby vorliebnehmen. Wenigstens macht es noch Meter." Er verstaute ihre Koffer, zog nach getaner Arbeit ein goldglänzendes Etui aus seiner Jackentasche und bot Ana eine Zigarette an. Dankend lehnte sie ab.

„Ich werde wohl als der Mann in ihr Leben eingehen, der seinen Platz zwischen Ankunft und Abschied hat", sagte er gequält lächelnd.

„Da wären Sie nicht der Einzige. Was ist denn passiert, dass plötzlich solche Eile angesagt ist?"

„Keine Sorge, es trachtet niemand nach Ihrem Leben. Wir können nur nicht mit Gewissheit sagen, wie lange die Amerikaner Ihren Auslieferungsantrag noch ignorieren oder ob sie dem Ansuchen doch stattgeben. Verzeihen Sie, wenn ich so offen mit Ihnen rede, aber Sie sind bloß ein kleiner Fisch im Spiel der Mächte. Kleine Fische werden bekanntlich von größeren gefressen. Damir ist jedenfalls unruhig geworden, als er von der Gefangennahme eines ehemaligen Ustascha in der Nähe von Salzburg erfuhr. Er hat beschlossen, Sie gleich in Sicherheit zu bringen und die geplante Route geändert. In einer Woche verlässt die *Philippa* den Hafen von Genua und wird Sie nach Argentinien bringen."

„Unsere Reise führt also nicht über den Brenner?", fragte Ana, als sie bereits im Auto saßen, das sich mit einem heftigen Ruck in Bewegung setzte. Martin schüttelte den Kopf.

„Wir leben in unruhigen Zeiten. Eine immer größere Zahl jüdischer Flüchtlinge strömt über die Brennergrenze von Tirol nach Italien auf ihrer Reise nach Palästina. Die französische Besatzung in Tirol reagiert jetzt mit verstärkten Kontrollen. Es soll schon zu Verhaftungen gekommen sein."

„Und was ist unsere geplante Route?"

„Ich werde Sie mit dem Wagen nach Krimml bringen, einem kleinen Ort in den Alpen. Dort stoßen sie zu einer kleinen Gruppe, mit der Sie den Tauernpass

überqueren werden. Er ist abgelegen und kaum be-
wacht. Wenn Sie in Südtirol angelangt sind, werden
Sie abgeholt und können Ihre Reise mit dem Zug
fortsetzen. Es ist für Sie die sicherste Variante, und
Sie bleiben innerhalb der amerikanischen Zone. Das
Gepäck wird Ihnen nach Genua zugestellt. Damir hat
mir übrigens berichtet, dass Sie sich in den Bergen
wie zuhause fühlen?"

„Sie jagen mir zumindest keine Angst ein. Als
Kind hat mich mein Vater gemeinsam mit meiner
Schwester auf die höchsten Anhöhen von Samobor
in der Nähe von Zagreb getrieben. Bei Kriegsende
habe ich die Karawanken überquert und im An-
schluss ein Jahr lang in einem kleinen Jagdhaus am
Berg verbracht. Wie Sie sehen, sitze ich trotz allem
unversehrt neben Ihnen."

„Dann bin ich beruhigt, eine erfahrene Alpinis-
tin an meiner Seite zu wissen", nickte er zufrieden
und dämpfte die Zigarette aus. „Ich gehöre zu jener Sorte Menschen, die Berge gerne von unten betrachten."

Die Strecke führte sie entlang eines flachen Fluss-
tales bis ans Gebirge heran, wo die Straße in einen
Talpass mündete und steil anstieg. Der Nieselregen
war mittlerweile in stellenweisen Starkregen übergegangen. Martin saß hochkonzentriert hinter dem
Lenkrad, seinen Kopf an die Windschutzscheibe ge-
presst, fuhr so langsam, dass der Wagen beinah zum
Stillstand kam. Wie verrückt quietschte und zuckte

der Scheibenwischer, konnte die Regenmassen kaum bewältigen.

In Ana erwachte die Erinnerung an jene drei Dezembertage in Kroatien, als der Himmel blitzartig mit einem lauten Knall aufgebrochen war. Wasser hatte sich damals sintflutartig über das Lager ergossen, als hätte die Hölle auf Erden vernichtet werden müssen mit allem Leben darin. Bald schon war der Boden in eine einzige Schlammwüste verwandelt. Die Kinder fielen in Kältestarre, hatten kaum noch Kraft, den Widrigkeiten des Winters zu trotzen. Ruhr und Erkältungskrankheiten breiteten sich mit rasendem Tempo aus, ließen Josip Zusatzfahrten mit seinem Fuhrwerk einlegen. Nach und nach kam das Leben im Lager zum Erliegen. Nur der eisige Wind pfiff durch Ritzen und Löcher der Baracken, als würde er gegen die Totenstille ankämpfen, die sich breitgemacht hatte. Während Toma und seine Vasallen an der Flasche hingen, zerbrachen jene, für die das Wohl der Kinder die ganze Welt bedeutete, am Gefühl einer zermürbenden Ohnmacht. Alles schrie in jenen Tagen zum Himmel, blieb unerhört.

Auch Ana sah bald keinen anderen Ausweg mehr, als das Schicksal der Kinder Gebeten und Gottes Hand anzuvertrauen. Allein das bohrende Schuldgefühl hielt sie davon ab, ihre Sachen zu packen, den Mauern für immer den Rücken zu kehren. Im Glauben, dass alles verloren, alle Hoffnung dahin war, tauchte plötzlich wie ein Engel aus einer anderen Welt eine Frau auf zur Rettung der Kinder.

Es war ein trüber Morgen gewesen, wenige Tage vor Weihnachten. Dicke Schneeflocken wehten vom Himmel herab, bedeckten den Boden mit trügerischem Weiß. Im Innenhof des Lagers ließen sich keine Kinder blicken, um den Einzug des Winters willkommen zu heißen, nur vereinzelte Fußabdrücke im Schnee zeugten von menschlichem Leben. Ana war mit Nino auf dem Weg gewesen, um frisches Wasser zu holen, als sie eine ihr unbekannte Frau vor dem halbgeöffneten Eingangstor warten sah. Sie stand dort in Begleitung von zwei Rotkreuzschwestern und einem Offizier der Wehrmacht, der sich mit dem Wachpersonal unterhielt.

Knirschende Geräusche näherten sich im Schnee. Im Umdrehen sah Ana Toma, der mit wuchtigen Schritten an ihr vorbeistapfte, eingemummt in seinen langen, schwarzen Fellmantel. Beim Eingang baute er sich herausfordernd vor dem Offizier auf, ignorierte den ausgestreckten Arm. Ein Schlagabtausch folgte, der an Heftigkeit kaum zu überbieten war. Die beiden warfen sich wüste Beleidigungen an den Kopf, fluchten, bis sich der Offizier aufgebracht abwandte, zum Auto ging, mit einer Aktentasche zurückkehrte, aus der er Papiere zog und demonstrativ in die Höhe hielt. Als sich auch noch die Frau sanft, aber bestimmt ins Gespräch mischte, sah Toma rot. Wie von Sinnen schlug er dem Offizier die Papiere aus der Hand, stampfte so heftig auf den Boden, dass Schnee aufstob. Plötzlich riss er seine Pistole aus dem Halfter und zielte auf den Deutschen. Der blieb ungerührt stehen, drückte langsam den Lauf nach unten, redete besänftigend auf ihn ein. Er überreichte ihm ein Kuvert, das Toma hastig öffnete. Was auch immer es enthielt, es schien seinen Widerstand gebrochen zu haben, denn mit resignierender Geste ließ er die Besucher passieren.

Die Frau hatte sich im Innenhof umgesehen, war dann zielstrebig auf Ana zugegangen, die gerade auf dem Rückweg zur Baracke war. Jetzt, da sie die Fremde aus nächster Nähe betrachten konnte, fielen ihr die wachen, leuchtenden Augen auf, in denen sie etwas zu erkennen meinte, das ihr Mut machte, noch bevor sie ein einziges Wort gewechselt hatten. In wenigen Sätzen erzählte die Frau, die sich ihr als Nadia vorgestellt hatte, ihre Lebensgeschichte, die sie von Innsbruck nach Zagreb führte, wo sie seither mit ihrem Mann lebte. Immer häufiger waren ihr Berichte über die unsägliche Situation in den Lagern der Ustascha zu Ohren gekommen, hatten sie angetrieben, etwas zu tun. Mit Unterstützung des Roten Kreuzes war sie zu verschiedensten Stätten gereist, hatte Zustände vorgefunden, gegen die alles zuvor Gehörte verblasste. Zu Beginn beschränkte sie sich darauf, Kleidung zu sammeln, Nahrungsmittel und Medikamente zu organisieren. Bald schon konnte sie erste todkranke Kinder aus den Lagern holen, denen Tausende folgen sollten in den kommenden Jahren.

Nadias Bemühungen um die Rettung der Kinder hatten sie auch zu Toma geführt. Mehrmals bat sie ihn in Briefen um einen Besuch im Lager, erhielt jedes Mal eine Abfuhr. Mehr noch, mit unmissverständlichen Worten drohte er beim Betreten eine Verhaftung an, warnte vor drastischen Folgen. Nadia aber ließ sich nicht einschüchtern. Unermüdlich kämpfte sie weiter, setzte Himmel und Hölle in Bewegung, bis sich dank ihrer Kontakte zu deutschen Behörden Türen öffneten zu den Dienststellen der Ustascha. Und endlich hielt sie die notwendigen Papiere in Händen, um Toma in die Schranken zu weisen. Zu ihrer eigenen Sicherheit hatte man ihr einen Wehrmachtsoffizier zur Seite gestellt, der sie auf ihrer Mission begleitete. Jetzt, da sie es endlich hinter die Lagermauern geschafft hatte, wollte sie sich ein Bild von der Lage machen, prüfen, welche Hilfe am Notwendigsten war.

Ana war Nadias Worten mit wachsendem Interesse gefolgt. Sie begleitete sie und die anderen Besucher in die eiskalten, nach Kot und Krankheit stinkenden Baracken, in denen die Kinder eng aneinander kauerten. Zwei Schwesternhelferinnen kümmerten sich dort um Säuglinge, die auf Holzbrettern lagen, notdürftig mit Stroh bedeckt.

Nachdem sie Nino zu den anderen Kindern gesetzt hatte, gelangten sie über einen nicht enden wollenden Korridor zum Krankenlager. Dort, in zwei aneinandergrenzenden Zimmern, lagen die kleinen Patienten auf hartem Untergrund, zu müde, ihre Blicke zu heben, nur noch Schatten ihrer selbst. Andere saßen abgemagert und unter heftigen Bauchkrämpfen auf dem Töpfchen, schrien vor Schmerzen. Die Rotkreuzschwestern hielten sich wegen des beißenden Gestanks Tücher vors Gesicht. Sichtbar kämpften sie mit der Fassung, und der Offizier wandte sich beschämt von all dem Elend ab. Einzig Nadia zeigte keine merkliche Regung. Sie unterhielt sich eine Weile mit dem Lagerarzt, der ungehalten war wegen fehlender Medikamente, ihr leise zu verstehen gab, dass für manche Kinder jede Hilfe zu spät kommen würde. Nadia notierte Zahlen in ihr Notizbuch, schrieb eine lange Liste dringend erforderlicher Arzneimittel. Dann ging sie mit einem Lächeln im Gesicht auf die Kinder zu, hielt tröstend die fiebrigen Hände, holte Nahrung und Vitaminpräparate aus ihrer Tasche, die sie gemeinsam mit den Rotkreuzschwestern verteilte. Ana fühlte sich an ihre ersten Wochen im Lager erinnert, als noch das Leben jedes einzelnen Kindes über ihrem eigenen gestanden war. Mit der wachsenden Zahl an Toten breitete sich ihre eigene Hilflosigkeit wie lähmendes Gift in ihr aus, ließ sie einen täglichen Kampf ausfechten, um die Sonne nicht untergehen zu lassen vor Wut und Verzweiflung.

Während sie die Besucher durch die anderen Teile der Anlage führte, vorbei an Wache haltenden Ustaschen, berichtete Nadia von ihrem Vorhaben. Neben Hilfslieferungen und dem Sammeln von Geld wollte sie so viele Kinder wie möglich evakuieren, bei kroatischen Pflegefamilien unterbringen, in Klöstern und städtischen Einrichtungen, um sie ein für alle Mal der Hölle des Lagers zu entreißen. Sie hatte sich bereits die Unterstützung des Roten Kreuzes und der Caritas zugesichert. Nur der Erzbischof von Zagreb zögerte noch. Er wollte nicht begreifen, dass ihre Aktion kein Aufbegehren gegen das faschistische Regime war, sondern einzig und allein dem Überleben der kleinen Gefangenen diente.

Beim Verabschieden hatte es zu schneien aufgehört. Quer über den Platz zog sich die braune Spur von Kutschenrädern wie das Abbild zweier endlos langer Schlangen. Nadia hatte Anas Hand in die ihre genommen, mit eindringlichen Worten um Unterstützung gebeten, und Ana versicherte ihre Hilfe, um die Kinder nach und nach aus dem Lager zu holen.

Als sich die Besucher in Richtung des Tores bewegten, tauchten plötzlich Soldaten der Ustascha auf. Mit angelegten Gewehren eskortierten sie die vier zu ihrem Wagen, warteten, bis sie abgefahren waren, während Toma auf der Terrasse seine Zigarette zu Ende rauchte.

Es vergingen mehrere Tage, an denen Nadia nichts von sich hören ließ. Ana saß wie auf Nadeln, mit wachsender Sorge, dass Tomas Herrschaft größer war als gedacht, er alles in seiner Macht Stehende tat, um die Rettungsaktion zu vereiteln. Dann stand Weihnachten vor der Tür. Ihr Vater hatte sich gewünscht, dass sie über die Feiertage heimkehrte, und sie hatte ihm seine Bitte unmöglich abschlagen können.

Einen Tag vor ihrer Abreise erreichte sie schließlich die erlösende Nachricht von Nadia. Sie hatte mit Hilfe des Roten Kreuzes einen Transport organisiert, um am zweiten Neujahrstag eine erste Gruppe von Kindern abzuholen. Man wollte sie vorübergehend in einer Taubstummenanstalt unterbringen, von dort nach und nach Adoptiveltern zuteilen. Das verfrühte Weihnachtswunder fand seine Krönung, als Ana erfuhr, dass auch Nino unter den ausgewählten Kindern war.

Mit einem Gefühl von Nostalgie und Widerwillen trat sie die Reise in ihr altes Zuhause an. Längst lebte Weihnachten nur noch als verstaubte Erinnerung weiter, und sie wusste, dass ein Anknüpfen an frühere Zeiten unmöglich war. Während am Heiligen Abend im kleinen Kreis ihrer Familie die Geburt des Gottessohnes gefeiert wurde, wollte bei ihr keine rechte Stimmung aufkommen. In Gedanken war sie bei den zurückgelassenen Kindern, fühlte sich schuldig, das Fest nicht mit ihnen zu verbringen. Vor allem aber vermisste sie Nino. Vor ihrer Abreise hatte sie daran gedacht, ihn mit nach Hause zu nehmen, den Zauber von Weihnachten spüren zu lassen, wie sie ihn selbst erfahren durfte als Kind. Sie hatte sich ausgemalt, wie sie gemeinsam die Krippe aufbauten, einen Spaziergang in den verschneiten Park unternahmen, sie ihm mit langen Geschichten das Warten auf die Bescherung erträglicher machte, bis er beim Läuten des Glöckchens mit leuchtenden Augen in den nach Tanne duftenden Raum treten durfte. Das Vorhaben wurde rasch verworfen, wissend, dass ihnen beiden der bevorstehende Abschied nur noch schwerer gefallen wäre. So verblasste jeglicher Glanz von Kerzen, Lametta und Christbaumkugeln, und als später bei der Mette der Pfarrer von Jesu Geburt erzählte, hatte sie Bilder wimmernder Kinder auf blutigem Stroh vor Augen.

Bei ihrer Rückkehr am zweiten Neujahrstag parkten bereits mehrere Busse des Roten Kreuzes vor dem Eingangstor. Eine große Schar Kinder hatte sich dort versammelt, wartete mit spürbarer Aufregung in der Kälte. Als sie in der Mitte Nadia neben Schwestern des Roten Kreuzes erblickte, von denen einige Säuglinge im Arm trugen, fühlte sie etwas Warmes, das ihr Hoffnung gab für das neue Jahr.

Jemand rief mit heller Stimme ihren Namen. Sie sah sich um, entdeckte Nino, der freudig winkend auf sie zulief. Bei ihr angekommen, quollen Worte aus seinem Mund, Erlebtes vergangener Tage, das er so hastig wiedergab, dass es kaum zu verstehen war. Sie hob ihn hoch, wirbelte ihn durch die Luft, küsste seine Stirn. Eine knappe Woche war sie fortgewesen, und doch schien er wieder einen Wachstumsschub gemacht zu haben, wirkte forscher jetzt, kräftiger. Nur in seinem Gesicht konnte sie ablesen, wie sehr der letzte überstandene Infekt seinen Körper in Mitleidenschaft gezogen hatte, ihren Entschluss festigte, ihn so rasch wie möglich aus dem Lager zu bringen.

Sie setzte ihn auf ihre Schultern, trug ihn zurück zu den anderen Kindern. Nadia und ihre Helferinnen waren gerade dabei, sie in Gruppen einzuteilen, die nach und nach die Wagen füllten. Die Busse hatten bereits ihre Motoren angelassen, stießen dunkle Rauchwolken in die Morgenluft. Mit jeder Minute, die verging, rückte die Zeit des Abschieds näher.

Um Nino so gut wie möglich in Erinnerung zu behalten, hatte sie ihn noch einmal eingehend angesehen, die Konturen seines Gesichtes betrachtet, die wachen Augen, seine leicht abstehenden Ohren und den langen, ausdrucksstarken Mund. Sorgenvoll strich sie über seine Haare. Für Nino aber schien alles ein aufregendes Spiel. Er zog seine Haube bis zum Kinn, streckte seine Arme nach ihr aus, ging ein paar Schritte im Kreis. Als er ihre Beine berührte, jubelte er lauthals auf und riss seine Haube vom Kopf. Fast beiläufig hatte er sie gefragt, wohin der Ausflug ging. Nach Worten ringend musste sie ihm erklären, dass er bald schon in Freiheit war, an einem Ort, der keine hohen Mauern kannte. Dann stieg er in den Bus, und wie versteinert blickte ihm Ana nach. Über Jahre hatte sie ihn in ihre Obhut genommen, war er ihr von Woche zu Woche mehr ans Herz gewachsen, Teil ihres Lebens geworden. Der Preis seiner Rettung war unausweichlich die endgültige Trennung von ihm. Jetzt blieb ihr nichts anderes zu tun, als zu warten, bis er einen Platz gefunden hatte, sah sie zu, wie er die beschlagene Fensterscheibe abwischte, sein Gesicht fragend ans Glas presste.

Während sie ihm zuwinkte, hatte sich eine Hand auf ihre Schulter gelegt. Nadia war zu ihr getreten, unterrichtete sie über Schwierigkeiten beim Organisieren des Transports. Wie befürchtet, hatte Toma alles versucht, die Aktion zu torpedieren, höchste Behördenstellen der Ustascha kontaktiert, um Nadia mit erfundenen Anschuldigungen zu denunzieren. Doch so sehr er sich auch angestrengt hatte, er war nicht angekommen gegen die Autorität des Roten Kreuzes und Nadias Entschlossenheit.

Im Verlauf des Gesprächs hatte Ana mehrmals Klopfgeräusche wahrgenommen, nicht weiter beachtet. Dann war alles ganz schnell gegangen. Sie hörte jemanden ihren Namen rufen, sah im Umdrehen Nino, der zur Fahrertür rannte, von einer Rotkreuzschwester am Arm gepackt wurde. Er konnte sich losreißen, stolperte, stürzte rücklings über die Stufen und kam auf hartem Untergrund zu liegen. Jetzt war alles gute Zureden vergebens. In Tränen aufgelöst, klammerte er sich an Ana, die zu ihm geeilt war, weigerte sich, erneut in den Bus einzusteigen, als hätte er gespürt, dass es ein Abschied war für immer. Sie hatte ihn hochgehoben, an sich gedrückt, brachte es nicht zustande, ihn ins wartende Fahrzeug zurückzubringen.

Lange sahen die beiden den wegfahrenden Bussen nach, die im Konvoi über die holprige Straße fuhren, einer helleren Zukunft entgegen.

Von nun an aber war das Eis gebrochen. In regelmäßigen Abständen trafen Nahrungsmittel, Kleidung,

Medikamente und Strohsäcke im Lager ein, kam selbst von weither Unterstützung, als hätten viele nur auf die Gelegenheit gewartet, endlich helfen zu dürfen. Ana kontrollierte die Verteilung der Lieferungen mit Argusaugen, damit nichts in falsche Hände gelangte. Eines Tages hatte dann ein kleiner Lastwagen das Lager erreicht, vollbeladen mit Winterbekleidung und warmen Wolldecken. Ihre Überraschung war groß gewesen, als sie erfuhr, dass ihr Vater mit Freunden den Spendentransport organisiert hatte, ihr auf diesem Weg zum bevorstehenden Geburtstag gratulieren wollte.

Wo auch immer sie konnte, ging sie Nadia zur Hand, half bei der Erstellung und Durchsicht der Karteikarten. Trotz großen Aufwands versuchten sie, jedem einzelnen Kind Eltern und Herkunftsort zuzuordnen. So wollte man jenen Müttern und Vätern, die man zur Zwangsarbeit ins Deutsche Reich geschickt hatte, nach ihrer Rückkehr die Suche nach ihren Kindern erleichtern. Bald schon stapelten sich ganze Karteien mit Fotos, Notizbüchern und anderen Erkennungsmerkmalen der kleinen Gefangenen, wuchs Tomas Wut ins Unermessliche. Er bot seine ganze Macht auf, um sein Schattenreich zu bewahren, und auch Josip betrachtete die neue Situation mit Argwohn, ließ sich seltener mit seinem Karren blicken.

„Vielleicht haben wir Glück, und die Sonne hält sich nach dem Pass nicht mehr hinter dem Berg", sagte

Martin. „Wenn es Ihnen recht ist, möchte ich dem Wagen jetzt eine kurze Rast gönnen. Man soll sein Schicksal nicht herausfordern."

Wenige Kehren später blieb er auf der Passhöhe vor einem Gasthof stehen. Gemeinsam liefen sie mit einem viel zu kleinen Schirm die wenigen Meter vom Parkplatz zum Gebäude, unter dessen Vordach sich drei Männer angeregt unterhielten. In der Gaststube war wenig Betrieb. Es dauerte nicht lange, bis ihre Bestellung auf dem Tisch war, Martins Augen zu leuchten begannen. Er speiste so ausgiebig, bis sich erste Sonnenstrahlen zwischen den Wolken blicken ließen, benötigte nach seinem üppigen Mahl eine längere Rast zur Erholung. Dann ging die Reise weiter, und rasch ließen sie den schluchtartigen Gebirgseinschnitt hinter sich. Während ihrer Fahrt entlang der Salzach, die noch bedrohlich viel Wasser führte, erzählte Martin von vorangegangenen Reisen, die ihn zumeist bis an die Brennergrenze, gelegentlich ans Ligurische Meer, ein einziges Mal tiefer in den Süden Italiens geführt hatten. Damals hatte er einen Gast im Auto befördert, dessen wahre Identität er erst erfahren sollte, als er wieder zuhause angekommen war.

Die Reise hatte ihren Anfang in einem idyllischen Ort im Salzkammergut genommen, wo er den bärtigen Brillenträger mit seinem Gepäck abholte, ein Kroate namens Don Pedro, der im Gewand eines Priesters reiste. Begleitet wurde er von einem schweigsamen Hünen, der auf der gesamten Fahrt keinen Zentimeter von Don Pedros Seite gewichen war. So hatten sich die drei Männer in Priesterrobe in einem dunklen Mercedes auf ihren Weg in die Ewige Stadt gemacht. Nachts fanden sie Unterkunft in Klöstern, die ihnen bereitwillig Tür und Tor öffneten, sie und andere illustre Gäste mit Essen, Trinken und Reiseproviant versorgten.

Auf der Hälfte ihres Weges waren sie bei Bologna in eine Straßensperre britischer Soldaten geraten. Man kontrollierte ihre Ausweise, ließ sie aus dem Wagen steigen, führte sie in ein Gebäude, wo man ihre Daten aufnahm. Eine Verhaftung schwebte wie ein Damoklesschwert über ihnen, und das abrupte Ende der Reise schien bedrohlich nah. Don Pedro hatte bis zu jenem Moment alles duldsam über sich ergehen lassen. Plötzlich aber wurde er sichtlich nervös, bat um einen Anruf, der ihm auch gewährt wurde. Nach wenigen Worten reichte er den Hörer an den britischen Offizier weiter, der während des Gesprächs zunehmend stiller wurde, verstummte, bevor er auflegte und sich betroffen entschuldigte. Wenig später saßen die drei wieder im Wagen, konnten die Fahrt nach Rom ohne weitere Zwischenfälle fortsetzen. Ihr Ziel war ein kroatisches Kloster an der Grenze zum Vatikan, das bei ihrer Ankunft mehr einer Festung glich als einem sakralen Gebäude, mit schwerbewaffneten Wachen gesichert war.

„Und wissen Sie, wer zu unserer Begrüßung am Tor erschienen ist? Ein leibhaftiger Bischof, gefolgt von zwei Franziskanerpatres und Damir. Mir sind fast die Augen übergegangen, als einer nach dem anderen aufgetaucht ist wie eine glänzende Lichtgestalt."

„Wer waren sie nun, diese geheimnisvollen Priester, die Sie nach Rom chauffiert haben?"

„Wenn ich es Ihnen verraten würde, würden Sie mich ohnehin nur einen Lügner schimpfen. Was ich jedenfalls von all meinen Reisen mitgenommen habe, ist die Erkenntnis, dass die schützenden Hände des Vatikans unermesslich groß sind. Nicht allmächtig, sonst müssten wir nicht hier im Auto sitzen. Soweit es in unserer Macht steht, geben wir Ihnen jedenfalls sicheres Geleit und lassen Belgrad auf Granit beißen. So leicht sind wir nicht unterzukriegen, nicht wahr?"

„Ich werde die Zähne zusammenbeißen", sagte sie, kurbelte mit aller Kraft das Fenster nach unten, da es allmählich warm wurde im Wagen.

Sie erreichten Krimml nach einer letzten steilen Steigung am frühen Nachmittag. Unter den wuchtig aufragenden Bergen, die den Talkessel wallartig umschlossen, wirkte das Dorf verschwindend klein. Dunstschwaden krochen über Baumkronen umliegender Wälder, zeugten wie zahlreiche Lacken auf Wiesen und Straßen vom Regenguss, der hier kurz vor ihrer Ankunft niedergegangen sein musste. Jetzt brannte die Sonne vom Himmel, nur am Talausgang donnerten unablässig mächtige Wassermassen über Felsstufen in die Tiefe.

Martin parkte das Auto unweit der Dorfkirche. Einige in Trachten gekleidete Frauen hatten sich dort versammelt, die schwarze, scheinbar über den Köpfen schwebende Hüte trugen. Neugierig blickten sie zu den Ankommenden. In einem Anflug von Übermut setzte Martin sein Birett auf den Kopf, verneigte sich nach dem Aussteigen in ihre Richtung. Tuschelnd und sichtlich irritiert wandten sich die Frauen von ihm ab, und zufrieden zündete er sich eine Zigarette an, lehnte sich an den Wagen, blies kleine Wölkchen in die Luft. Ana versuchte währenddessen verzweifelt, das Fenster zu schließen. Die Handkurbel aber drehte leer durch, hob das Glas keinen Zentimeter nach oben.

„Verlorene Liebesmüh", sagte Martin nach einer Weile. „Lassen Sie sich keine grauen Haare wachsen. Das Auto ist in die Jahre gekommen, der Seilzug gerissen, wie ich annehme. Aber wenn Engel reisen, lacht der Himmel. Ich werde in Innsbruck eine Werkstatt aufsuchen und den Fensterheber reparieren lassen."

„Müssen Sie denn gleich weiter? Ansonsten würde ich mich freuen, wenn ich Sie zum Abschied auf Kuchen und Kaffee einladen darf."

„Ich muss gestehen, es war mir ein großes Vergnügen, Sie ein Stück des Weges zu begleiten. Ihrer Einladung kann ich natürlich nicht widerstehen. Ich kenne ein Gasthaus ganz in der Nähe, das seinen guten Ruf zurecht verdient."

Als Ana eine Stunde später den in steilen Serpentinen angelegten Weg entlang der Wasserfälle hinaufstieg, dachte sie an Martins Worte beim Verabschieden. Nachdem er ihr ein prall gefülltes Proviantpaket in die Hand gedrückt hatte und beim Schultern des Rucksacks behilflich war, hatte er bekundet, dass ihn selbst mit Gottes Hilfe keine zehn Pferde über den Pass bringen würden. Umso mehr bewundere er ihren Mut, sich über den hoch gelegenen Übergang zu wagen.

Ana war froh über etwas Bewegung nach der langen Autofahrt, von der sie ein flaues Gefühl im Magen hatte. Sie genoss die Kühle des Waldes, wähnte sich zeitweilig auf dem Weg zum Jagdhaus, um dann wieder vom ohrenbetäubenden Rauschen des Wassers zurückgeholt zu werden, das mit unbändiger Kraft über mächtige Kaskaden stürzte. Feine Dunstschwaden legten sich prickelnd auf ihre Haut, bildeten einen feuchten Schleier im Gesicht. Dort, wo die Bäume lichter wurden, sich der Blick öffnete zum Ort, der nun schon tief unter ihr lag, spannte sich ein Regenbogen über den Gischtvorhang wie ein Tor in eine andere Welt.

Im Lager hatte ihr ein sechsjähriger Junge eine Kohlezeichnung zu ihrem Geburtstag geschenkt. Ein symbolisierter Regenbogen war darauf abgebildet, der sich über Strichmännchen und Barackendächer zum Himmel streckte, im Maul eines Ungeheuers verschwand. Sie hatte die Zeichnung mit anderen papierenen Erinnerungsstücken von Kindern in ihrer Schublade aufbewahrt, bei ihrer Flucht im Rucksack verstaut. Erst in der Hütte auf den Karawanken waren sie den Flammen zum Opfer gefallen, da sie sich nicht überwinden konnte, Bibelblätter als Brennmaterial zu verwenden.

Sie blieb stehen, lauschte. Trotz des Lärms meinte sie, das Läuten einer Kirchenglocke zu vernehmen, aber es waren nur Schellen am Rucksack kleiner Kinder, die an der Hand ihrer Eltern um die Kurve bogen.

Nachdem sie die oberste Stufe der Wasserfälle erreicht hatte, war sie allein auf weiter Flur. Ein Hochtal lag vor ihr, durch das sich ungestüm und milchig schäumend das Gletscherwasser der Ache zog. In kaum merkbarer Steigung führte der Weg am Ufer entlang, ließ sie durchatmen nach dem anstrengenden Aufstieg. Wo der Zirbenwald in Geröllfelder überging, kam eine schneebedeckte Bergspitze zum Vorschein, bohrte sich wie die Zacke einer Krone in Wolkentürme. Wurde der Weg anfangs noch auf beiden Seiten von steilen Hängen begrenzt, öffnete sich das Tal nach und nach, breiteten sich saftige Wiesen aus, auf denen Rinder weideten und Schafe. An einer Windung der Ache stand ein Fischer kniehoch im Wasser. Es hatte jetzt seine Wildheit verloren, strömte kristallklar und smaragdfarben im breiten Bett dahin. Ana musste ans Meer denken, den Dampfer, der vielleicht schon in Genuas Hafen vor Anker lag, und die Vorstellung der baldigen Überfahrt befremdete sie plötzlich. Mit jedem ihrer Schritte näherte sich die Zeit des Abschieds vom alten Kontinent, und ihr war, als würde wieder etwas aufbrechen in ihr, das ihr Angst machte. Auch wenn sie wusste, dass Damir alles Erforderliche in die Wege geleitet hatte, sie Argentinien mit offenen Armen empfing, sehnte sie sich zurück in das kleine, geordnete Universum von Altaussee, wo die Zeit stillzustehen schien.

Der Wind trug ihr den Gesang von Kindern zu, die bei einer zwischen Weg und Ache gelegenen Steinmauer spielten. Sie hielten sich an ihren Händen, sangen ein fröhliches Lied, drehten sich im Kreis, wurde schneller und schneller, bis sich eins nach dem anderen aus der Kette löste, stumm ins Gras fiel, wo es reglos liegenblieb. Als das letzte Kind am Boden lag, das Lied gänzlich verklungen war, stand das erste wieder auf, berührte die anderen reihum, die sich nach und nach erhoben, an den Händen nahmen, das Spiel von vorn begannen. Die Kinder waren derart vertieft in ihre Welt, dass sie von Ana keine Notiz nahmen.

Währenddessen näherte sie sich zügigen Schrittes der Almhütte. Fast hatte sie schon das Gebäude erreicht, als ein Hirtenhund auf sie zustürmte, laut bellend vor ihren Füßen hin und hersprang. Er hinderte sie so lange am Weitergehen, bis ein schriller Pfiff durch die Luft gellte. Gleich darauf erschien die Sennerin. Mit eigentümlichem Dialekt entschuldigte sie sich für ihren wachsamen Aufpasser, bat Ana zu einem Tisch hinter der Hütte, wo sie wie selbstverständlich Brot, Buttermilch und Graukäse auftischte.

Ana kam die Rast nicht ungelegen, denn ihr Rücken hatte durch die schwere Last des Rucksacks schon zu schmerzen begonnen. Sie erzählte von ihrer geplanten Route, musste, als die Sennerin zu reden begann, konzentriert hinhören, um zumindest sinngemäß ihren Worten folgen zu können. So erfuhr sie von tausenden Soldaten, die nach Kriegsende über den Krimmler Tauern geströmt waren, hörte von weggeworfenen Waffen und Munition, die den Kindern beim Spielen zur Gefahr werden konnten. Sie erlangte Kenntnis von alten Schmugglerpfaden, erfrorenen Wanderern, abgestürzten Rindern und Schafen, die seit Menschengedenken über den Pass getrieben wurden. Selbst ein Kaiser habe die Überquerung nicht gescheut, wie die Sennerin ehrfürchtig anmerkte.

Ana war schon wieder am Aufbrechen, als die Kinder vom Spielen zurückkehrten. Der Kleinste rannte geradewegs in die Hütte, kehrte mit einem geschnitzten Esel zurück, den er ihr mit strahlenden Augen entgegenstreckte. Für einen Moment begannen Anas Augen zu glänzen, schien sie wie in einer anderen Welt. Sie griff in ihren Rucksack, spürte Ninos Holzpferd in ihren Fingern. Dann trübte sich ihr Blick, und ruckartig zog sie die leere Hand zurück.

Bevor die letzten Sonnenstrahlen hinter dem Bergrücken verschwunden waren, erreichte sie das an der Ache gelegene Tauernhaus, ihr Quartier für die Nacht. Groß und mächtig lag das mit verwitterten

Schindeln gedeckte Gebäude vor ihr, das seit Jahrhunderten Gäste beherbergte. Aus einem der Fenster im obersten Stockwerk lehnten sich zwei Männer, blickten interessiert zu ihr herab, als sie die Brücke zum Haus querte. Martin hatte von vier Männern und einer Frau gesprochen, die sie auf ihrem Weg nach Italien begleiten würden, und sie betrachtete die beiden aus den Augenwinkeln, überlegte, ob sie zu ihrer Gruppe gehörten. Noch war ihr nicht klar, weshalb sie den Pass nicht im Alleingang überqueren konnte. Geschickt war Martin ihrer Frage ausgewichen, gab sich bedeckt trotz seiner Redseligkeit. Was zähle, hatte er betont, sei einzig und allein ihre Sicherheit, und sie könne sich glücklich schätzen, mit Gottes Hilfe bald über dem Berg zu sein.

Die Eingangstür stand sperrangelweit offen. Ana wartete eine Weile im dämmrigen Flur, vernahm gedämpftes Stimmengewirr in einer ihr unbekannten Sprache. Der Geruch frischen Germteigs rief Erinnerungen einer längst vergangenen Zeit wach. Sie sah sich als Mädchen in der Wohnung ihrer Großeltern, umgeben von schwarzgekleideten Frauen und Männern, die in einer befremdlichen Anspannung verharrten. Sie hatten sich zum Leichenschmaus ihres Großvaters eingefunden, der mit seinem Fahrrad von einer Straßenbahn niedergestoßen worden war, im Krankenhaus nach kurzer Zeit im Koma seinen schweren Kopfverletzungen erlag. Nur noch schemenhaft konnte sie sich an jenen Tag erinnern. Eines aber hatte sich eingebrannt in ihr Gedächtnis, nämlich der Duft frischer Fritule, Germgebäck, das man den Gästen in großer Menge aufgetischt hatte.

Gläser klirrten. Jemand lachte laut auf. Eine Tür öffnete sich, und am Flur erschien eine Frau mit Schürze und hochgesteckten Zöpfen. In ihren Händen trug sie ein großes Blech voll Buchteln, forderte Ana augenzwinkernd auf, zuzugreifen.

„Ich bin gleich wieder bei Ihnen", sagte sie und stellte das Gebackene in einem Nebenraum ab. „Und Sie sind?", fragte sie wie nebenbei beim Zurückkommen.

„Frau Sa – Mack", antwortete Ana, wischte sich verlegen Marmelade vom Mundwinkel. „Hanna Mack. Die Buchtel schmeckt ganz hervorragend."

„Das freut mich zu hören! Sie gehören wahrscheinlich zur Gruppe, die morgen nach Italien weitermarschiert." Ana nickte.

„Ich hoffe, es gibt noch Platz zum Übernachten?", fragte sie.

„Wir lassen ganz sicher niemanden vor der Tür stehen. Außerdem hat man uns Bescheid gegeben, dass Sie und fünf andere Gäste heute bei uns bleiben. Sie haben übrigens Glück. Vor ein paar Tagen wären Sie am Pass im Schnee steckengeblieben. Kommen Sie, ich zeige Ihnen Ihren Schlafplatz. Wenn Sie Hunger haben, schauen Sie nachher in die Stube, da ist es schön warm, und es gibt noch mehr zum Essen außer Mehlspeisen."

Am Abend saß Ana in der alten, holzgetäfelten Stube, deren Wände mit bunten Bildern und Inschriften verziert waren. Der Ofen, neben dem sie Platz genommen hatte, in dem es dann und wann lautstark knackte, strahlte eine behagliche Wärme aus, machte sie schläfrig nach dem üppigen Mahl. Vier ihrer Begleiter waren bereits im Tauernhaus eingetroffen. Etwas verhalten hatten sie einander begrüßt, wenige Worte gewechselt zu Beginn. Die Wirtin aber wusste die Runde mit Anekdoten aus früheren Zeiten zu unterhalten, brachte das Eis langsam zum Schmelzen.

Nach dem Essen hatte sich Simon zu ihnen gesellt, ein junger, schmächtiger Einheimischer, der sie als ortskundiger Begleiter über den Berg bringen sollte. Besorgt hatte er sich nach dem Verbleib des letzten Teilnehmers erkundigt. Da keiner Antwort geben konnte, informierte er sie über die Route, die sie über den 2600 Meter hoch gelegenen Passübergang nach Kasern im italienischen Ahrntal führte, wo der nächste Aufenthalt vorgesehen war. Einmal, erzählte er, war er im Frühling auf dem Weg zum Pass in einen heftigen Schneesturm geraten, hatte gänzlich die Orientierung verloren, als plötzlich Männer wie Nebelgeister vor ihm aufgetaucht waren, einer nach dem anderen. Es waren Soldaten der Wehrmacht, die sich in zerschlissenen Mänteln auf dem Rückzug befanden, vor Tod und Kriegsgefangenschaft die Flucht ergriffen hatten. Einer war vor ihm stehengeblieben, hatte ihn ungläubig angestarrt. Erst als er den Schal von seinem Gesicht zog, hatte er erkannt, dass es sein

Vater war, der ihm gegenüberstand, ihn wortlos in die Arme nahm.

Eingehend betrachtete Ana Simons Augen, die nahe beieinanderlagen, musterte die markanten Gesichtszüge. Sie weckten Erinnerungen an Kurt, den Adjutanten ihres Verlobten, mit dem er zu Kriegsbeginn nach Zagreb gelangt, ein halbes Jahr später nach Serbien weitergezogen war. Auch er stammte aus Österreich, schien wie Gregor von seiner Sache geradezu besessen gewesen zu sein. In einem seiner seltenen Briefe hatte Gregor von einer schweren Verwundung Kurts während einer Feindberührung berichtet. Er selbst hatte bei dem Angriff nur ein paar Schrammen davongetragen, schrieb, dass ein deutscher Soldat selbst im Angesicht des Todes keine Schwäche zeigen dürfe. Es war seine letzte Nachricht gewesen für lange Zeit. In den folgenden Tagen wuchsen Anas Sorgen um seine Gesundheit, lähmte sie die Gewissheit, selbst dann nichts für ihn tun zu können, wenn er im Sterben lag. Sie wusste nicht, wo er stationiert war, was er tat, nach einigen Monaten auch nicht mehr, was er für sie empfand, denn anders als am Anfang, als er noch in jedem seiner Briefe sein verzehrendes Verlangen nach ihr bekundet hatte, waren die Nachrichten zunehmend nüchterner geworden. Mehr als von zugeteilten Essensrationen, Zeitvertreib mit Musik, widrigem Wetter oder kaputten Stiefeln war in den wenigen Zeilen nicht zu finden, als hätte ihm die Zensur beim Verfassen eine Pistole an die Schläfe gesetzt.

Eines Abends waren er und Kurt dann im Lager aufgetaucht, so unvermittelt, dass ihr die Luft wegblieb im ersten Moment. Sie hatte gerade gelesen, als jemand leise an die Zimmertür klopfte. Plötzlich war er vor ihr gestanden in seiner strammen Uniform, wie ein Fremder, für den sie längst keine Liebe mehr empfand, keinen Hass, keine Verbitterung, nur eine abgrundtiefe Leere, die sie auch in seinen Augen wiederzufinden meinte. Gregor hatte in der Nähe des Lagers zu tun gehabt, ein Zwischenstopp, über den er nichts weiter sagen wollte. Reumütig hatte er sich für die lange Zeit der Abwesenheit entschuldigt, sie mit den Wirren des Krieges gerechtfertigt, seinem Einsatz gegen Partisanen in schwer zugänglichen Gebieten, der Kurt beinah das Leben gekostet hatte. Während er seinen Unmut über den wachsenden Widerstand zum Ausdruck brachte, dachte Ana an die Kinder im Lager. Viele von ihnen stammten aus Landstrichen, die von deutschen Truppen und Soldaten der Ustascha verwüstet worden waren. Bilder drängten sich auf von Gregor, wie seine Einheit mordend und brandschatzend durch Wiesen und Wälder streifte, Zivilisten und Geiseln erschoss, Erntearbeiter auf dem Feld hinrichtete, Bauern in Konzentrationslager abführte, Dörfer niederbrannte, Lebensmittel raubte und wertvolles Vieh. Je länger er von seinen Bemühungen bei der Bandenbekämpfung redete, umso fremder war er ihr geworden, bis sie ihn kaum noch wiederzuerkennen glaubte. Auf ihre Frage, wohin die Kinder ausgelöschter Dörfer verschwunden waren, blieben seine Lippen geschlossen.

Fast befreiend waren dann seine Worte gewesen, als er um Auflösung der Verlobung bat. Ana musste nicht lange überlegen. Die beschaulichen Wochen von Zagreb, in denen sie Hand in Hand entlang der Save spaziert waren, über die von alten Bäumen und Statuen gesäumten Wege der Parkanlagen, waren verblassende Erinnerungen. Auch sie sah die Zeit gekommen, das Kapitel für immer zu schließen.

Bevor Gregor das Lager verließ, hatte sie noch um eine kurze Unterredung unter vier Augen gebeten. Kurt hatte gezögert, Gregor angesehen, als müsste er seine Zustimmung einfordern. Nachdem er gegangen war, stellte sich Ana so nah zu Gregor, dass sie seinen Atem spürte. Sie nahm seine Hand, führte sie an ihre Brust. Verunsichert wollte er sie wegziehen, aber sie presste sie nur noch fester an ihren Körper. Ihr Herz, hatte sie ihm erklärt, würde pochen, während die Herzen der Kinder im Lager nach und nach zu schlagen aufhörten. Mit eindringlichen Worten schilderte sie ihm die katastrophale Lage, appellierte an sein Gewissen, bat ihn, zumindest einen Versuch zu unternehmen, um seine Kontakte zur Rettung der Kinder zu nutzen. Gregor blockte ab, erklärte den Lagerbereich außerhalb seiner Befugnisse. Aber Ana ließ nicht locker, konnte ihm zumindest das Versprechen abringen, sich der Sache anzunehmen. Und wirklich trafen bald darauf erste Milchpulverpakete im Lager ein und eine Kiste mit Serum gegen Typhus, die den Stempel der Wehrmacht trug.

„Zeit zum Feiern!", rief die Wirtin, die nach draußen gegangen war und mit einer Flasche Zirbenschnaps zurückkehrte. Nach ihr betrat ein älterer Mann den Raum. Es war der letzte Teilnehmer der Gruppe, der die Hütte im letzten Tageslicht erreicht hatte. Während ihm die Wirtin Essen auftischte, erzählte er von seiner abenteuerlichen Reise, die ihn beinah in Teufels Küche gebracht hatte. Bei der Zugfahrt von Wien nach Krimml war er in der russischen Zone in eine Kontrolle geraten. Da er seinen Identitätsausweis nicht gleich vorweisen konnte, wurde er aus dem Waggon eskortiert, im Nebenraum eines Bahnhofgebäudes verhört, wo durch Zufall einer der Soldaten den Ausweis in der Innenseite seines Mantels entdeckt hatte. So konnte er vor Schlimmerem bewahrt werden und seine Reise mit dem nächsten Zug fortsetzen.

Simon jedenfalls war sichtlich erleichtert, die Gruppe endlich vollzählig zu sehen. Nachdem die Flasche leergetrunken war, mahnte er zum frühen Aufbruch und verabschiedete sich.

Ana war bis zuletzt sitzen geblieben. Trotz eines Wortgefechts, das ihr nahegegangen war, tat es ihr gut, nach langem wieder in Gesellschaft mehrerer Menschen zu essen, zu trinken, auf andere Gedanken zu kommen. Wie sich im Gespräch herausstellte, hatten alle dasselbe Ziel, waren auf dem Weg nach Genua, um von dort mit der *Philippa* die Weiterreise nach Argentinien anzutreten. Neben ihr und dem Mann, der zuletzt eingetroffen war und wie sie aus Kroatien stammte, gehörten eine Österreicherin, ein Pole und zwei Deutsche zur Runde der Reisenden. Für Ana war es eigentümlich und reizvoll zugleich, mit fünf Fremden auf engstem Raum zusammenzusitzen, die ihre ganz eigene Geschichte an diesen abgeschiedenen Ort der Alpen geführt hatte.

Zu Beginn hatte sie sich längere Zeit angeregt mit Gertraud unterhalten, die aus der Nähe von Linz stammte und mit der sie das Zimmer für die Nacht teilte. Sie war bereits am Vortag im Tauernhaus eingetroffen, konnte es kaum erwarten, endlich die Weiterreise anzutreten. Als sie gegangen war, rückte der Kroate an Anas Seite, glücklich, eine Gesprächspartnerin aus seiner Heimat gefunden zu haben. Mit jedem Glas wurde er redseliger, bis er in Erinnerungen an frühere Zeiten schwelgte. Während er mit flammenden Worten Schutz und Ehre des kroatischen Blutes rühmte, die Verdienste der Ustascha huldigte, begann Anas Blut zu kochen. Noch konnte sie ihre Zunge im Zaum halten, doch musste sie sich bei einigen Meldungen zurücknehmen, ihm nicht den Inhalt ihres Glases ins Gesicht zu schütten. Jedes seiner Worte war ein Schlag ins Gesicht der kleinsten Opfer der Faschisten, traf sie wie die Faust im eigenen Antlitz. In jedem seiner Worte spürte sie einen solchen Hass, eine so abgrundtiefe Verachtung, dass sie sich kaum auszumalen wagte, was ihn zur Flucht gedrängt hatte. Als er dann Gott ins Spiel brachte als Führer einer gerechten Sache, mit sich überschlagender Stimme von Ustaschen sprach, die gemeinsam mit Christus durch die Geschichte marschierten, war das Fass übergelaufen. Entsetzt starrte sie ihn an, rang nach Fassung.

Hätte sich der Mann nicht frühzeitig auf sein Zimmer zurückgezogen, wäre sie aufgestanden und gegangen. So aber konnte der Abend schließlich doch noch in ruhigerem Fahrwasser ausklingen.

In der Nacht weckte sie das Weinen eines Kindes. Hellwach horchte sie auf. Immer wieder hatte sie während ihrer Zeit im Jagdhaus nächtliche Geräusche vernommen, die an klagende Kinderlaute erinnerten, wusste, dass es nur Erinnerungen ans Lager waren, von denen sie heimgesucht wurde. Diesmal aber war sie überzeugt, dass es sich um keine Einbildung handelte. Das Wimmern musste vom Hof kommen, war deutlich vernehmbar. Im schwachen Licht des Mondscheins tastete sie sich zum Fenster, zog den Vorhang zur Seite. Draußen huschten Gestalten mit Rucksäcken herum, von denen einige Lampen in der Hand hielten, die ihre Gesichter fratzenhaft erleuchteten. Es war ein befremdliches Schauspiel, das sie zweifeln ließ, ob sie wachte oder träumte. Gertraud stöhnte im Schlaf auf, drehte sich zur Seite. In diesem Moment hob eine der Gestalten ihren Kopf, sah hinauf zu Ana. Sie meinte, in glühende Augen zu blicken, zog hastig den Vorhang zu.

Während die Wirtin am Abend Holz nachgelegt hatte im funkenstiebenden Ofen, erzählte sie eine Sage von der letzten Stufe des Wasserfalls, wo die Wassermassen unter tosendem Lärm ins Talbecken stürzten. In lauen Sommernächten tauchten dort kleine, schlangenartige Flämmchen auf, die wie Irrlichter über der Gischt schwebten. Manche junge Männer, die dort vorbeikamen, wurden derart von ihnen angelockt, dass sie ihnen blindlings folgten. Funkelnd zogen die Flämmchen weiter, brachten die Männer immer näher an eine tief in den Abgrund führende Felsspalte heran, aus der es keine Wiederkehr gab. Dort unten, sagte man, würde der Teufel hausen, der sich von verlorenen Seelen ernährte, und die Flämmchen wären die Verstorbenen selbst.

Ein frischer Morgen empfing Ana, als sie kurz vor der vereinbarten Zeit vors Haus trat. Außer Simon, der gerade dabei war, Holzstöcke zu prüfen und nebeneinander an die Hauswand zu lehnen, war noch niemand vor Ort. Er zog seinen Hut zur Begrüßung, fuhr unbeirrt mit der Arbeit fort. Ana ging einige Schritte Richtung Fluss, bis sie dort stand, wo sie die nächtlichen Lichter gesehen hatte, blickte hinauf zu ihrem Zimmer.

Beim Frühstück hatte sie die Wirtin auf ihre nächtliche Beobachtung angesprochen. Für einen Moment wirkte sie überrascht, als hätte Ana etwas Geheimes entdeckt. Dann erzählte sie von einer kleinen Gruppe jüdischer Flüchtlinge, die mit ihrem we-

nigen Hab und Gut über den Krimmler Tauern nach
Genua zogen, von dort weiter nach Palästina reisen
wollten. Sie waren am späten Abend eingetroffen,
nicht davon abzuhalten gewesen, wenige Stunden
später wieder aufzubrechen. Es war das zweite Mal
innerhalb eines Monats, dass Menschen wie sie in ihrer Herberge nächtigten. Auch ein Mädchen war auf
der Reise mit dabei, keine zwei Jahre alt. Ihr Vater
hatte es im Rucksack bis zur Hütte getragen, und da
es viel zu wenig auf den Rippen hatte, bereitete sie
eine große Portion Grießkoch zur Stärkung. All das,
hatte sie erklärt und sich dabei bekreuzigt, seien erste
Anzeichen eines bevorstehenden Ansturms über den
Tauern, sie habe dafür eine Ader, und ihr Gefühl habe
sie noch nie getäuscht.

Schließlich hatten sich alle vor dem Haus eingefun-
den. Simon ging reihum, um seinen Lohn für die
Begleitung einzusammeln. Skeptisch musterte er die
Schuhe des Polen, verteilte die bereitgestellten Stöcke,
zum besseren Gehen und Abwehren aufdringlicher
Rinder, wie er anmerkte. Dann brachen sie auf.

Sie hatten schon die Brücke über die Ache überquert, als die Wirtin aus dem Haus kam und nach
Gertraud rief. Eine Frau sei am Telefon, müsse dringend mit ihr reden. Gertraud lief zurück, öffnete wenige Minuten später leichenblass die Tür und ging
gesenkten Blickes an den Wartenden vorbei, die ihr
mit betretenem Schweigen folgten.

Der Weg verlief entlang der Ache, bevor Simon in eine sumpfige Wiese abbog und auf einen Wasserfall zusteuerte. Von dort führte ein Pfad in steilen Serpentinen durch den Wald, über Steinplatten, von denen er felsenfest behauptete, sie wären römischen Ursprungs.

Ana stieg wenige Schritte hinter Gertraud bergan. Sie hatte sich vorgenommen, sie auf den Anruf anzusprechen, wartete auf die passende Gelegenheit. Noch am Vorabend hatte Gertraud erzählt, dass ihr Mann auf anderen Wegen nachkommen würde, sie sich in Genua für die gemeinsame Überfahrt treffen wollten. Mit glänzenden Augen hatte sie von ihrem neuen Leben gesprochen, voller Vorfreude über ein Ende der Strapazen ihrer langen Flucht. Ana hatte gequält gelächelt bei ihren Worten. Ihr bereitete allein schon der Gedanke an die lange Fahrt über den Atlantik ein flaues Gefühl im Magen. Wenn sie daran dachte, in einem Land von Bord zu gehen, deren Sprache und Menschen ihr fremd waren, mit dem sie nichts und niemand verband, wuchsen wieder Zweifel, eine neue, bessere Heimat zu finden. Es war Damir gewesen, der Argentinien als Endstation ihrer Fluchtroute ausgewählt hatte. Er wollte sie dort wissen, wo sie nicht mehr für ihre Vergangenheit belangt werden konnte, ihres Lebens sicher war, denn das Netzwerk, das er und seine Helfer mit Hilfe der Kirche noch vor Kriegsende errichtet hatten, griff wie ein Rädchen ins andere.

Bald hatten sie den Wald hinter sich gelassen. Der Weg wurde jetzt wieder flacher, führte in einen langgezogenen Trog.

„Das Windbachtal", sagte Simon, deutete mit seinem Stock zur Bergkette am Horizont, deren höchste Erhebungen verschneit waren. „In zwei Stunden sind wir oben, wenn vorher keiner ins Gras beißt."

Auf Nachfrage des Polen versicherte er, dass der Pass schneefrei war. Der Übergang sei von ihrem Standpunkt aus noch nicht einsehbar, der eigentliche Aufstieg nehme erst im innersten Talkessel linkerhand seinen Anfang. Sichtlich zufrieden mit der Antwort setzte der Pole seinen Weg fort.

Sie passierten eine kleine Almhütte, außer dem Zollhaus die letzte menschliche Behausung vor der Grenze, wie Simon erklärte. Gleich danach versperrten Kühe den Weg, wollten auch durch seine Rufe nicht von der Stelle weichen. Erst als er seinen Stock hob, drohend durch die Luft sausen ließ, trabten die Tiere gemächlich zur Seite. Dem Bachverlauf folgend, lag nun ein langgezogener, steiniger Pfad vor ihnen. Von allen Seiten stürzten Wasserfälle über steile Felshänge, erzeugten eine Geräuschkulisse wie das Rauschen eines Sturms. Das Tal selbst zeigte sich zunehmend öder, bald so unwirtlich, dass es kaum noch belebt schien. Nur aus den Höhen drangen immer wieder schrille Warnpfiffe, Murmeltiere, die sich gut getarnt hinter Büschen oder einem der zahlreichen Felsblöcke verbargen.

Als sie den Talschluss erreicht hatten, der Weg den Windbach querte, um gleich darauf wieder steil anzusteigen, waren sie bereits in der baumlosen Zone angelangt. Simon gab ein zügiges Tempo vor, mit dem einer der deutschen Wanderer kaum mithalten konnte. Immer wieder musste er hochroten Kopfes stehenbleiben, rang nach Atem, wischte sich mit einem Tuch Schweiß von der Stirn. Er habe ganz sicher nicht bezahlt, um sein Grab in den Bergen zu finden, wies er Simon zurecht, was dieser mit abschätzigem Blick kommentierte. Wie zum Trotz legte er dann eine kurze Pause ein, bevor es mit mäßigerem Tempo weiterging.

Ana suchte währenddessen die Nähe von Gertraud, die noch immer schweigend einen Schritt vor den anderen setzte. Zuerst wortkarg, geriet sie plötzlich in einen Redefluss, als hätte sie nur darauf gewartet, endlich angesprochen zu werden. Der Anruf hatte bestätigt, was sie längst geahnt hatte, ihr schmerzhaft klargemacht, was sie nicht wahrhaben wollte.

„Kurz vor der Schweizer Grenze ist mein Mann von französischen Soldaten aufgegriffen worden", erzählte sie. „Es ist zu einem Schusswechsel gekommen, bei dem er verletzt und verhaftet wurde. Ich habe das alles von der Frau erfahren, die mich angerufen hat, denn sie war an seiner Seite, als es passiert ist. Es war seine Geliebte, eine Stenotypistin. Die beiden wollten sich nach Spanien absetzen, dort ein neues Leben beginnen. Die Frau hat man wieder laufen lassen. Sie hat alles über mich gewusst, sogar, wo ich mich gerade aufhalte."

„Was war der Grund für seine Verhaftung?", erkundigte sich Ana nicht ohne Neugier.

Gertraud blieb stehen, sah sich um.

„Wir haben uns im Lager kennengelernt", sagte sie leise. „Er war schon dort, als ich zum Arbeiten hingekommen bin. Vor zwei Jahren haben wir geheiratet, kurz darauf habe ich mein Kind verloren. Ich war im siebten Monat schwanger. Bevor die Amerikaner einmarschiert sind, mussten wir flüchten, obwohl jeder von uns nur seine Pflicht erfüllt hat. Auch mein Mann hat getan, was von ihm verlangt wurde, sonst wäre er selbst am Galgen gelandet. Und jetzt ruft mich dieses Persönchen an und besitzt die Frechheit, sich bei mir zu entschuldigen. Als ob nichts geschehen wäre. Ohne sie wäre mein Mann ganz sicher nicht im Gefängnis gelandet, sondern in ein paar Tagen an Bord des Schiffes gewesen. Soll er sich doch zum Teufel scheren mit diesem Flittchen!"

Ana merkte, dass die Frau den Tränen nahe war.

„Sie wollen trotzdem nach Argentinien?", fragte sie.

Gertraud zuckte unbeholfen mit den Schultern.

„Wo soll ich sonst hin? Nach Hause kann ich nicht mehr, solange mein Land vom Feind besetzt ist. Und dem liefere ich mich nie im Leben freiwillig ans Messer. Außerdem weiß ich nicht, ob mein Mann das Gefängnis lebend verlassen wird. Aber sein Liebchen

wird sich ganz gewiss aufopfernd um ihn kümmern."
Sie wollte weiterreden, brach ab, da drei Wanderer
um die Kurve bogen.

Vor dem Passübergang türmten sich Bruchsteine aus
Granit, unter denen geheimnisvoll Wasser gurgelte.
Stellenweise erweckte der steile Pfad den Eindruck,
gänzlich im Geröll zu verschwinden, aber Simon
schien die Strecke wie im Schlaf zu kennen, schritt
zielstrebig voran.

Bevor sie oben angelangt waren, breitete sich vor
ihnen ein von Fußspuren durchzogenes Schneefeld
aus. Eine Schafherde stand am Rand auf der Suche
nach Gräsern, ließ sich durch ihr Auftauchen nicht
beirren. Nur ein kleines, braunes Lamm lief neugierig auf sie zu. In sicherer Entfernung blieb es stehen,
gab einen hellen Laut von sich, bevor es wieder um-
kehrte. Dann endlich war das Kreuz beim Passübergang in greifbare Nähe gerückt. Simon war bereits
oben angelangt, stand dort wie ein Schäfer, der gedul-
dig das Eintreffen seiner Herde erwartete.

„Weiter hinauf geht es nicht mehr", sagte er ohne
sichtbare Zeichen von Erschöpfung, als alle den Grat
erreicht hatten. Er zog einen Flachmann aus der Tasche, reichte ihn reihum. „Jetzt dauert es nicht mehr
lang, und wir sind unten im Ahrntal."

Er führte sie zu einer geschützten Felsnische auf ita-
lienischem Staatsgebiet, wo sie ihre Wegzehrung aus-
packten. Grell ragten zu ihrer Linken schneebedeckte

Gipfel in den Himmel, während das Tal wie in einem dunklen Abgrund verborgen lag.

Ana hatte auf einem sonnengewärmten Stein Platz genommen, ließ ihren Blick über die Bergkette gleiten. Erinnerungen an ihre Karawankenüberquerung kehrten wieder, und in Gedanken ging sie noch einmal den Weg zurück, den sie gekommen war, bis zu jenem Tag, an dem sie das Lager fluchtartig verlassen hatte. Plötzlich hatte sie Ninos Gesicht klar und deutlich vor Augen, hörte seine Stimme, sein Lachen, konnte ihn riechen, spürte seine zarte Haut. Als wollte er etwas sagen, streckte er seine dünnen Arme nach ihr, und wieder spürte sie ein Brennen in ihrer Brust, das nie aufgehört hatte über die Jahre.

Nach ausgiebiger Rast kamen sie zügig voran. Verlief der Weg anfangs noch im Geröll und war nur mit Vorsicht zu begehen, verwandelte er sich bald schon in einen mit breiten Steinen ausgelegten Saumpfad, der sich in Serpentinen durch Grashänge zog. Beim Erreichen der Waldgrenze öffnete sich schließlich der langgestreckte Talboden vor ihren Augen, durch den sich silbrig schimmernd das Wasser der Ahrn schlängelte.

Tiefer unten, wo der Geruch frischgemähten Grases in der warmen Luft lag, sahen sie einen älteren Mann auf einem Hang stehen, der mit der Sense ein Wiesenstück mähte. Kritischen Blickes musterte er die Wanderer. Er hielt inne, zog einen Wetzstein aus seiner Tasche, schärfte den Stahl, bevor er die Sense wieder mit kräftigen Zügen über die Gräser gleiten ließ. Der zischende Laut war noch zu hören, als sie an einer mittelalterlichen Wallfahrtskirche vorüberkamen. Simon hatte ihnen schon beim Abstieg von dem Gebäude erzählt, das an einen wuchtigen Felsblock gebaut war. Ein durchlöchertes Kreuz befand sich darin, der Legende nach ein ehemaliges Wegkreuz, das einem Schützen auf seinem Weg zum Preisschießen als Zielobjekt gelegen gekommen war. Er hatte dann auch gewonnen, sich mit einem Stier als Geschenk auf den Heimweg gemacht. Als er wieder an dem geschändeten Kreuz vorbeikam, geriet der Stier plötzlich in Panik, spießte den Schützen mit seinen Hörnern auf. Bauern fanden ihn später leblos auf der Erde liegen. Das Kreuz aber brachten sie in die Kirche, wo es seit jener Zeit aufbewahrt wurde.

„Wer eine Kerze anzünden will zum Dank, kann das jetzt tun", sagte Simon, nachdem sie die Brücke zur Kirche überquert hatten. „Und wer sich von seinen Sünden befreien will, soll durch den Schliefstein gehen." Er deutete auf einen schmalen Spalt zwischen Kirche und Felsblock. „Es kostet nichts, man braucht keinen Pfarrer und kann trotzdem seine Sünden abstreifen, wenn man durchkriecht."

Ana zog einen Besuch der Kirche vor. Als sie die gotische Pforte durchschritten hatte, blickte sie sich staunend um. Zahlreiche Fresken waren an die Wände unterhalb des Gewölbes gemalt, biblische Motive, die an manchen Stellen so verblasst waren, dass man sie kaum noch erkennen konnte. Gleich beim Eingang befand sich ein metallener Tisch, auf dem in kleinen Behältern Lichter brannten. Sie warf eine Münze in den Opferstock, zog eine Kerze aus dem Karton.

„Feuer?", fragte der Kroate, der nach ihr die Kirche betreten hatte. Ana nickte, hielt ihm die Kerze entgegen, bis der Docht brannte.

„Für Ihre Flamme?", erkundigte er sich, während er das Feuerzeug wieder in seiner Tasche verstaute.

„Für Nino. Seit drei Jahren habe ich nichts mehr von ihm gehört. Jeden Tag bete ich, dass er noch lebt, dass es ihm gut geht. Ich habe die Hoffnung nicht aufgegeben, dass ich ihn eines Tages wiedersehen werde. Und Sie? Haben Sie jemanden, für den Sie eine Kerze anzünden möchten?"

„Ich habe viele Menschen im Krieg verloren, die mir etwas bedeutet haben. Das Licht einer Kerze wird mir keinen von ihnen zurückbringen."

Ana nickte, ging zum Altarbereich, wo sie auf der Bank Platz nahm und ihre Hände faltete. Sie beobachtete den Kroaten, der an ihr vorübergegangen war, seinen Blick auf das Kruzifix gerichtet. Jetzt erkannte sie drei punktartige Vertiefungen unterhalb der Rippen des Gekreuzigten, Einschusslöcher, von denen Simon erzählt hatte. Sie musste an Toma denken, einen frostigen Wintertag, an dem er mit Wärtern im Innenhof des Lagers gefeiert hatte. Laut wurde die Ustascha-Hymne gegrölt, Wein getrunken, wie irre um die Flammen des Lagerfeuers getanzt, das hoch in den Nachthimmel loderte. Als die Männer so betrunken waren, dass sie kaum noch stehen konnten, ließ Toma einen Buben aus der Baracke holen und nackt ausziehen. Er drückte ihm ein metallenes Kreuz in die Hand, befahl mit vorgehaltener Pistole, es bis zum Abbrennen des Feuers festzuhalten. Ohne Unterlass musste er dabei „Für die Heimat bereit!" rufen, die Parole der Ustascha, so laut, dass man es ins Innere der Baracken hören konnte. Eine Zeitlang hatten sich die Männer noch im Freien aufgehalten, später ins Warme zurückgezogen. Nur Tomas Rüden blieben bei der Feuerstelle zurück, wachten über den Buben, der zitternd vor Kälte und Schmerz das Kreuz umklammerte. Er hatte trotz hohen Fiebers die Tortur überlebt, während Toma und der Preisschütze für ihr Vergehen den Tod gefunden hatten.

Lange saß Ana vor dem durchschossenen Kreuz, merkte nicht, wie die Augen des Kroaten feucht wurden.

V

Entscheidung in Genua

Einen Tag nach der Passüberquerung traf die Gruppe ohne Gertraud am Bahnhof von Genua ein. In Bruneck hatte sie sichtlich aufgewühlt gewartet, bevor sie erklärte, etwas Dringendes besorgen zu wollen. Zum vereinbarten Zeitpunkt war sie nicht am Bahnsteig aufgetaucht, und so hatten sie den Zug zu fünft bestiegen, wurde auf der Fahrt mit detektivischem Eifer über das rätselhafte Verschwinden gemutmaßt. Nur Ana war in Gertrauds Plan eingeweiht worden, hüllte sich darüber in Schweigen.

Nachdem sie am frühen Abend dem völlig überfüllten Waggon entstiegen waren, wurden sie von einem Schwall warmer Luft empfangen, der ihnen Salzgeruch in die Nase trieb als ersten Gruß vom Meer. Wie vereinbart, begaben sie sich in die Eingangshalle des Bahnhofs, warteten dort auf das Eintreffen einer Italienerin. Es dauerte nicht lange, bis sich ihnen eine Frau in honigfarbenem Kostüm näherte. Sie stellte sich mit Rosa vor, schüttelte jedem von ihnen überschwänglich die Hand. Wiederholt entschuldigte sie sich, die Gruppe im dichten Gedränge nicht schon früher gefunden zu haben, erkundigte sich nach Gertraud, deren Fernbleiben sie achselzuckend zur Kenntnis nahm.

Dann gingen sie hinaus auf den Vorplatz, wo das Denkmal des Christoph Kolumbus hoch und übermächtig in den Himmel ragte. Zwei Bettler knieten davor auf schmutzigen Decken, streckten mit flehenden Worten ihre Hände aus, wenn sich ihnen jemand näherte. Rosa ließ die beiden links liegen, querte den Platz.

Ana folgte ihr mit einer gewissen Schwermut und Müdigkeit. In der vergangenen Nacht hatte sie kaum geschlafen, war auf der Reise mehrmals eingenickt, um plötzlich aufzuschrecken, als wäre sie in ein nicht enden wollendes Loch gefallen, immer schneller in die Tiefe gerast. Es war der Gedanke an die bevorstehende Überfahrt, der ihr Angst einjagte, und je näher der Tag der Abreise rückte, desto mehr wuchs ihr Zweifel, die richtige Entscheidung getroffen zu haben. Kaum merklich war die Zeit oft in Altaussee verstrichen, wo die Zukunft noch so fernlag, dass sie allein beim Gedanken daran innere Unruhe verspürte. Jetzt, da sich das Rad der Zeit immer schneller drehte, schien sie wie von einer riesigen Welle erfasst, gegen die sich aufzubäumen ihren Untergang bedeutet hätte. Sie vermisste ein tiefgründiges Gespräch mit Damir, die langen Unterhaltungen mit Vera, die ihr so gutgetan hatten damals. Aber es gab keinen Damir hier, keine Vera, keinen anderen Menschen, mit dem sie sich austauschen konnte, und so blieb ihr nichts anderes übrig, als Rosa nachzutrotten, die zügig voranschritt. Obwohl sie klein war, zahlreiche Menschen Gassen und Straßen füllten, war es unmöglich, sie aus den Augen zu verlieren. Das Klackern ihrer Stöckelschuhe gab den Ton an, und der Spur ihrer Parfumwolke konnte man blind folgen.

In der alten Hafenstadt herrschte emsiges Treiben. An allen Ecken und Enden wurde gegraben, gemauert, gehämmert, gesägt, denn der Krieg hatte auch hier sichtbare Spuren der Vernichtung hinterlassen. Viele der Häuser waren eingerüstet oder so schwer beschädigt, dass ihre Tage gezählt schienen.

„Ich weiß nicht, wie oft die Bomber der Alliierten über unsere Stadt geflogen sind", sagte Rosa sichtlich aufgebracht, als sie an der Ruine einer ausgebrannten Kirche vorbeikamen. „Irgendwann habe ich zu zählen aufgehört. Aber sehen Sie selbst, was sie angerichtet haben! Sie haben Genua geschändet, sein stolzes Gesicht entstellt. Damit nicht genug, wollten die Deutschen kurz vor Kriegsende noch alles Übriggebliebene in die Luft sprengen. Gott sei Dank war ihr Kommandant mutig genug und hat unsere Stadt rechtzeitig an die Partisanen übergeben." Sie bekreuzigte sich dreimal, richtete ihren Hut, der verrutscht war.

Zwei Straßenzüge später wehte ihnen Staub und der scharfe Geruch von Urin und Pferdemist entgegen. Ein großer, umzäunter Platz breitete sich vor ihnen aus, auf dem sich Bauschutt türmte, Überreste eines Palastes, von dem nur noch Grundmauern und ein mit prächtigen Steinmetzarbeiten verziertes Portal übrig waren. In der Mitte des Platzes ragte der oberste Teil eines Brunnens aus dem Schutt. Ana meinte dort den Schopf eines Kindes zu erkennen, das sich duckte, als sie in seine Richtung sah.

Tauben flogen auf, suchten Zuflucht auf dem nahen Laternenmast. Ein Lastwagen fuhr ein, blieb stehen, wendete, während dunkle Rauchwolken dem Auspuff entwichen. Mehrere hellgrau gekleidete Männer sprangen mit Schaufeln bewaffnet von der Pritsche und begannen unter den wachsamen Augen von Soldaten mit ihrer Arbeit.

„Kriegsgefangene", zischte Rosa verächtlich.

Mit einem Schlag tauchte die Gruppe in ein Labyrinth aus schmalen, verwinkelten Gassen ein. An manchen Stellen waren die Häuser so eng aneinandergebaut, dass es schien, man könne sich aus den gegenüberliegenden Fenstern die Hände reichen. Hoch oben, wo es heller wurde, flatterten auf Leinen gehängte Wäschestücke im Wind. Unten aber regierte der Schatten. Ana fühlte etwas Unheilvolles an jenem Ort, der sie beengte, als würden die Häuserwände immer näher rücken, um sie zu zermalmen. Wieder spürte sie die Enge des Lagers, die tägliche Dunkelheit der

Baracken. Je mehr sie die Bilder der Vergangenheit heimsuchten, umso fester drückte sie ihre Fingernägel ins Fleisch.

Ihr Blick fiel auf einen älteren Akkordeonspieler auf einem Schemel, der ein Lied zum Besten gab. Rhythmisch bewegte sich sein schmächtiger Oberkörper zur Musik, schlug sein Fuß den Takt auf den Boden, wo sich ein leerer Hut neben einem schlafenden Hund befand. Langsam hob der Mann seinen Kopf. Jetzt erst bemerkte Ana, dass er blind war, schaute betreten zur Seite. Die Klänge eines Akkordeons waren ihr zuletzt im Lager zu Ohren gekommen, wenige Wochen vor ihrer Flucht. Toma war damals fast nur noch betrunken anzutreffen gewesen. Oft saß er stundenlang auf der Veranda, in Alkohol und Erinnerungen versunken, starrte vor sich hin, spielte die immer gleichen Tonfolgen auf seinem Instrument, so verloren, dass Ana zum ersten Mal Mitleid mit ihm empfand. Es schien, als hätte er bereits mit allem abgeschlossen, würde nur noch auf das nahende Ende warten. Und das Ende war mit jedem Tag näher gerückt wie ein unaufhaltsamer Strom.

Die Nachricht vom wachsenden Erfolg der Partisanen, die gemeinsam mit der Roten Armee immer größere Landstriche von den Faschisten eroberten, hatte Unruhe im Lager verbreitet. Längst war offensichtlich, dass ein Sieg der Gegner nur noch eine Frage der Zeit war, vielleicht weniger Wochen. Die Angst vor Rache und Vergeltung lähmte zunehmend das Lagerleben. Niemand stand mehr mit Feuer und

Flamme für die Heimat bereit, sondern es zählte die Rettung der eigenen Haut. Wer konnte, floh, und so hatten kurz vor dem Fall Zagrebs bereits zahlreiche Ustaschen das Weite gesucht.

Auch Biserka war eines Morgens gemeinsam mit anderen Ordensschwestern vor dem Lager gestanden. Sie wartete dort mit gepackten Koffern auf das Eintreffen der Wagen, blickte unablässig zum Eingangstor, als hätte sie die Hoffnung nicht aufgegeben, dass Toma folgen würde. Er aber lag antriebslos im Bett, unfähig, Entscheidungen zu treffen. Sein eigener Niedergang war zum Niedergang des Lagers geworden, sein Schattenreich, das er über Jahre hinweg mit eiserner Faust regiert hatte, im Zerfallen. Längst hatten die Kontrolle seine wenigen verbliebenen Gefolgsleute übernommen, die ihr Bestes gaben, ihm nachzueifern. Es schien, als wollten sie noch möglichst viele Kinder ins Reich des Todes befördern vor ihrer Befreiung, müssten sich einen teuflischen Wettstreit liefern im Überbieten von Grausamkeiten. Wie vom Wahnsinn Besessene ließen sie ihre Macht an den kleinen Opfern aus, sabotierten Hilfslieferungen, setzten Baracken in Brand.

Als dann erste Kinder Symptome von Flecktyphus zeigten, brach Panik aus unter den Wärtern, denn nichts fürchteten sie mehr als eine Ansteckung mit der todbringenden Krankheit. Das wenige Antibiotikum im Lager hielten sie zu ihrer eigenen Sicherheit unter Verschluss. Die Infizierten aber ließen sie in eine große, abgelegene Holzbaracke sperren, zu der sie selbst den Schwestern unter Schussandrohung jeglichen Zutritt verwehrten. Nur einmal täglich durfte der Raum betreten werden, um die Kinder mit dem Nötigsten zu versorgen. Wenn Ana daran dachte, hörte sie noch die Schreie, als würde sie wieder in jenen Nächten wachen, schlaflos vor Wut und Machtlosigkeit. Fieberhaft hatte sie damals nach einer Lösung gesucht, wusste, dass keine Zeit zu verlieren war zur Rettung der Kinder.

Das Begräbnis ihrer einem Herzschlag erlegenen Großmutter war gelegen gekommen, ohne größeres Aufsehen nach Zagreb zu reisen und dort Hilfe zu organisieren. Lange war sie nicht mehr dort gewesen, zu sehr hatte sie der Willkür der Wärter misstraut, zu übermächtig war die Angst gewesen, es könne zur Katastrophe kommen während der Zeit ihrer Abwesenheit.

In einer Mischung aus Bangen und Hoffen erreichte sie ihre Heimatstadt, von der eine beklemmende Schwere Besitz ergriffen hatte. Den Bewohnern und Soldaten stand der Schrecken des Krieges in den Augen. Nichts war mehr zu spüren von der anfänglichen Begeisterung und überbordenden Freude, die man der Ustascha und Wehrmacht als Befreier aus dem Vielvölkerstaat entgegengebracht hatte. Die Jahre der faschistischen Tyrannei hatten tiefe Spuren hinterlassen, auch am Friedhof, wo zahlreiche frische Gräber von Tod und Zerstörung zeugten.

Ana war zuletzt bei der Bestattung ihres Großvaters dort gewesen, fühlte vor dem geöffneten Grab Erinnerungen hochsteigen an den aufwühlenden Abschied. Diesmal aber konnte sie keine rechte Trauer aufbringen. Als der Sarg ihrer Großmutter ins Dunkel glitt, sie eine Handvoll Erde daraufstreute, schämte sie sich für ihre Teilnahmslosigkeit, war kaum richtig zugegen. Ununterbrochen musste sie an die Kinder denken, die das Lager nicht lebend verlassen hatten, dem Tod ihrer Großmutter ein befremdliches Gewicht verliehen. Etwas in ihr, das war ihr schmerzhaft bewusst geworden in jenen Stunden, musste abgestorben sein während der Zeit hinter Mauern.

Beim Leichenschmaus hatte sie dann die Gelegenheit genutzt, sich von ihrem Vater zu verabschieden. Um nicht mit der Tür ins Haus zu fallen, berichtete sie zunächst von den geretteten Kindern, bevor sie so behutsam wie möglich auf ihre ausweglose Lage zu sprechen kam, die drohende Verhaftung nach einem Sieg der Kommunisten. Sie hatte es dennoch nicht übers Herz gebracht, ihm von der Liste zu erzählen, wollte ihn nicht noch mehr belasten.

Wie befürchtet, war ihr Vater vor den Kopf gestoßen. Ihre Schwester, schon länger in ihren Plan eingeweiht, stand ihr zur Seite, redete beschwichtigend auf ihn ein. Doch alle Mühe war vergebens. Die Flucht, hatte er brüskiert erklärt, sei blauäugig, unverantwortlich, würde bestenfalls mit ihrer Gefangennahme enden. Das ganze Land befinde sich im

Krieg, nirgendwo könne man seines Lebens sicher sein, noch dazu als Frau. Immer mehr redete er sich in Fahrt, schimpfte über die verbrecherische Politik, wurde so ausfällig gegen die Faschisten, dass sich einige Trauergäste irritiert nach ihm umblickten. Nach Luft ringend hatte er schließlich den Raum verlassen.

Ana war ihm gefolgt, fand ihn im Gastgarten an eine Platane gestützt. Sie hatte ihre Hand auf sein Gesicht gelegt, das blass war und eingefallen, gewartet, bis er zu reden begann. Er wisse nicht, wie lange sein Körper noch mitmache, hatte er gesagt. Sein Tod jedenfalls würde ihm weniger Angst bereiten, wenn er seine beiden Töchter in seiner Nähe wisse. Mit flehender Stimme hatte er Ana angeboten, sie wieder bei sich aufzunehmen, notfalls zu verstecken, versprach, alles in seiner Macht Stehende zu tun, damit sie das Land nicht verließ. Ihre Entscheidung allerdings, sich nicht freiwillig der kommunistischen Justiz auszuliefern, stand längst fest.

Noch am selben Tag hatte sie Nadia in ihrem Zuhause aufgesucht. Sie war gerade dabei gewesen, Karteikarten mit Namen und Fotografien geretteter Kinder zu sortieren, zeigte sich freudig überrascht von Anas Besuch. Schon nach wenigen Sätzen aber hatte sie den Ernst der Lage begriffen. Hastig zog sie Schuhe und Mantel an, und kurz darauf standen die beiden vor dem Beauftragten des Internationalen Roten Kreuzes, der sich von den Missständen berichten ließ. Entgegen Nadias Hoffnung zögerte er diesmal, etwas zu unternehmen, zu unsicher schien ihm die Lage, zu nah das Kampfgebiet. Die vielen verlustreichen Gefechte hatten überdies das Vorratslager für Medikamente so sehr geleert, dass es bereits zu kritischen Engpässen kam, und auch das Serum gegen Typhus war fast vollständig aufgebraucht. Den beiden blieb nichts anderes übrig, als ihr Glück an anderer Stelle zu versuchen.

Das nächste Ziel war der Sitz des Erzbischofs, den Nadia von früheren Treffen kannte. Grußlos war sie an seinem Sekretär vorübergegangen, hatte, ohne anzuklopfen, die Tür zum Audienzzimmer geöffnet, in dem sich der Bischof mit zwei Männern in einer Unterredung befand. Für einen Moment schien er nach Fassung zu ringen, stand irritiert auf und verwies die beiden des Raums. Nadia ließ sich nicht beirren. Wie ein Fels pflanzte sie sich vor dem kleinen, hageren Mann auf, über dessen Soutane ein Metallkreuz baumelte, berichtete mit fester Stimme von der unerträglichen Situation im Lager. Als sie ihn schließlich mit den typhuskranken Kindern konfrontierte, die man in der Baracke ihrem sicheren Tod überlassen hatte, gingen die beiden Männer auf Bitte des Bischofs nach draußen.

Fast schien es, die Anklage hätte ihn persönlich getroffen. Kaum nämlich war die Tür ins Schloss gefallen, wurde seine Stimme sanft, versuchte er, zu beschwichtigen. Natürlich seien ihm Vergehen der Ustascha zu Ohren gekommen, die ohne jeden Zweifel zu verurteilen waren. Keinesfalls jedoch dürfe man dadurch ihr wahres Gesicht verkennen. Seine Macht jedenfalls, hatte er betont, sei verschwindend gering, er nur ein minderer Diener Gottes. Doch wer auf den Herrn vertraue, könne nicht verloren sein, und gewiss habe er sein Auge auf das Wohlergehen der Kinder geworfen. Dann war er abgeschweift, hatte sich über einen Bombentreffer auf den erzbischöflichen Palast empört, Verletzte bei einem Angriff auf ein nahes Kloster beklagt. In einem Brief, erklärte er den beiden, habe er bereits seinen Protest bekundet gegen derart abscheuliche Taten.

Mit jedem seiner Worte wuchs die Zornesröte in Nadias Gesicht. Besorgt hatte Ana beobachtet, wie sehr sich ihre Freundin beherrschen musste, um nicht aus der Haut zu fahren, während sie selbst das drängende Gefühl verspürte, das Gebäude auf der Stelle wieder zu verlassen. Allein der Gedanke an die todkranken Kinder ließ sie innehalten, besänftigend nach Nadias Hand greifen, die eiskalt war.

Die beiden waren erst gegangen, nachdem ihnen der Erzbischof die Beschaffung des Antibiotikums zugesichert hatte. Und wirklich musste Ana nicht mit leeren Händen ins Lager zurückkehren. Am Tag ihrer Abreise hatte es frühmorgens an der Tür ihres Vaters geläutet, und ein verschüchterter junger Mann, Mitarbeiter der Caritas, überreichte ihr ein Paket, dem die gewünschten Medikamente, Desinfektionsmittel und zwei Kuverts beilagen. Eines davon war mit dem

Siegel des Erzbischofs verschlossen, an Toma adressiert. Das andere trug ihren Namen auf der Rückseite, und als sie es öffnete, musste sie lächeln. *Wer auf den Herrn vertraut, kann nicht verloren sein,* hatte der Erzbischof mit schnörkeligen Lettern zu Papier gebracht, ihr und Nadia im Namen der Kirche gedankt.

Sie wusste nicht, was in dem Brief an Toma geschrieben war, aber er musste eine unmissverständliche Botschaft enthalten. Nach Überreichen des Kuverts nämlich hatte er unschlüssig zu Biserka geblickt, die neben ihm stand, und für einen Moment meinte Ana etwas in seinem Gesicht zu erkennen, das sie irritierte, wie das Aufblitzen menschlicher Regung. Biserka hatte ihm den Brief aus der zittrigen Hand genommen, war nach draußen gegangen ohne ein Wort.

Ana konnte ihren Augen kaum trauen, als sich kurz darauf trotz Widerstands einiger Wärter das Tor zur Krankenbaracke öffnete. Ihre Befürchtung aber, dass die Seuche weiter um sich gegriffen hatte, schien sich zu bewahrheiten. Zwei Schwesternhelferinnen berichteten auf dem Weg zu den Kindern von Josips Sonderschichten, der Drohung einiger Wärter, den Holzverschlag samt Typhuskranken niederzubrennen.

Was sie dann beim Betreten der Baracke zu Gesicht bekam, war kaum zu beschreiben, ließ ihr Herz zusammenkrampfen. In schier unerträglichem Gestank reihten sich Körper dicht an dicht auf dem Boden.

Manche wanden sich unter heftigen Schmerzen, während die meisten reglos dahindämmerten. Bei einigen musste Ana zweimal hinsehen, um festzustellen, ob sie noch atmeten, sich ihr Brustkorb hob und senkte. Gemeinsam mit den anderen Schwesternhelferinnen versuchte sie fortan, all ihre Künste aufzubieten, die Kinder so rasch wie möglich wieder zu Kräften zu bringen, immer in Sorge, dass die Stimmung umschlagen konnte, sich die Tür zur Baracke wieder schloss.

Ihre Bemühungen schienen nicht umsonst. Das Antibiotikum zeigte bald seine rettende Wirkung, und der Zustand der kleinen Kranken verbesserte sich von Tag zu Tag. Für viele aber war jede Hilfe zu spät gekommen. Josip hatte sie mit Handschuhen und Mundschutz in die hölzernen Kisten gelegt, weitere Namen und Striche eingetragen in sein schwarzes Notizbuch.

Das wehmütige Lied des Akkordeonspielers noch im Ohr, wurden Anas Augen schlagartig wieder vom Licht der Sonne getroffen. Die enge Gasse war in eine Straße eingemündet, auf der sich Autos, Lastwagen, Pferdekutschen und die Straßenbahn lärmend den wenigen Raum streitig machten. Rosa wurde indes nicht müde, zu jeder Sehenswürdigkeit ihr Wissen preiszugeben, kam kaum zu Atem wegen der Fülle alter Bauwerke und Denkmäler. Der Weg führte von Kapelle zu Kirche, von Patrizierhaus zu Palast, von Turm zu Tor.

Beim Queren eines kreisrunden Platzes, der dem Himmel weit geöffnet war und dessen Mitte ein Reiterstandbild krönte, fand sich Ana in ihrer Jugendzeit wieder, an jenem Ort Zagrebs, wo die Unterstadt auf die Oberstadt traf. Mehrmals hatte sie vor der Statue eines säbelschwingenden Feldherrn, der hoch zu Ross saß, einen serbischen Jungen getroffen. Gemeinsam waren sie die vielen Stufen zur Strossmayer Promenade hochgestiegen, um dort, auf einer lauschigen Bank im Schatten von Kastanienbäumen, über die Dächer der Stadt zu blicken. Obwohl es zwischen ihr und dem Jungen bei einer innigen Freundschaft geblieben war, schlug ihr Herz vor jedem Treffen schneller, waren sie sich in langen Gesprächen so nahegekommen, dass ihr manchmal die Luft wegblieb.

Vor Ende ihrer Schulzeit waren die Eltern des Jungen nach Wien übersiedelt. Nach kurzem, anfangs intensivem Kontakt war der Briefverkehr mit ihm abrupt abgerissen, und die Angst, ihrem Freund könnte etwas zugestoßen sein, blieb als wachsender Schatten an ihrer Seite. Noch gut erinnerte sie sich an seine kurzgeschorenen Haare, die schwarze, viel zu große Brille in seinem schmalen Gesicht, die den Eindruck eines Reptils erweckte. Manchmal waren seine Augen rot unterlaufen gewesen, aber kein einziges Mal hatte sie ihn danach gefragt.

Rosa bog in einen dunklen Hausdurchgang, dessen Rückseite von einem hohen, gusseisernen Gitter begrenzt wurde. Ein amerikanischer Soldat stand dort in enger Umarmung einer Frau, die hastig ihre Hand von seinem Schritt zog bei ihrem Auftauchen.

„Hierher führen viele Wege", sagte Rosa, während sie das quietschende Tor öffnete. „Das ist sie also, Ihre bescheidene Bleibe."

Hinter dem Gitter öffnete sich unvermittelt eine andere Welt. Klein und paradiesisch anmutend lag ein Garten vor ihnen, in dem Oleander in voller Blüte stand. Vom Tor bis zum Klostergebäude zog sich ein von Zypressen und duftenden Rosmarinbüschen gesäumter Weg, auf dessen Steinplatten Eidechsen die letzten Sonnenstrahlen genossen, blitzschnell verschwanden beim Näherkommen der Gäste.

„Bevor die Deutschen unsere Stadt besetzt haben, war das Kloster von Brüdern bewohnt", erklärte Rosa. „Man hat sie verhaftet, gefoltert, einige von ihnen wie Tiere getötet. Dann haben sich die Soldaten hier einquartiert. Aber Gott sei Dank hat sich das Blatt gewendet. Die Deutschen haben sich der Resistenza ergeben, und das Kloster ist eine Zeitlang zu ihrem eigenen Gefängnis geworden."

Nachdem sie den Arkadengang gequert hatten, der ans Gebäude grenzte und in dem leises Plätschern eines Brunnens zu vernehmen war, betraten sie die Eingangshalle. Von dort wurden sie zu ihren Zimmern geleitet.

Anas Unterkunft im dritten Stock war klein und spartanisch eingerichtet, aber die Aussicht entschädigte für den zellenartigen Raum. Durchs Fenster öffnete sich der Blick über die Krone eines Lorbeerbaums hin zum Meer, das silbrig in der Abendsonne schimmerte. Gerade noch konnte sie einen Teil des Hafens erkennen, wo zwischen zahlreichen ankernden Schiffen ein Dampfer aufragte wie ein gestrandeter Wal.

Viele Jahre waren vergangen, seit sie zuletzt das Meer gesehen hatte, und sie dachte mit gemischten Gefühlen an ihre letzte Begegnung. Kurz vor Ausbruch des Krieges war sie mit ihrer Schwester zu Verwandten nach Kastav gereist, einem kleinen, auf einem Karsthügel gelegenen Ort unweit der Küste. Sie hatten dort Ausflüge in die nähere Umgebung unternommen, von denen sie einer an einen paradiesischen Platz in der Kvarner Bucht geführt hatte. Während ihre Schwester im türkisfarbenen Wasser badete, in dem man weit hinaus bis auf den Grund sehen konnte, war sie mit ihrer Tante oberhalb des Strandes im schattigen Pinienwald spaziert. Besorgt hatte sie vom Gesundheitszustand ihres Vaters berichtet, der fortschreitenden Verschlechterung seiner Lunge. Ana war wie vom Blitz getroffen, als ihre Tante beiläufig auf seine Kriegsgefangenschaft zu sprechen kam. Bis auf die Knochen abgemagert sei er aus einem italienischen Lager heimgekehrt, um Haaresbreite Opfer der Tuberkulose geworden, die viele seiner Kameraden hinweggerafft hatte. Mit einem Fuß sei er damals schon im Grab gestanden, und nur die aufopfernde Pflege ihrer Mutter habe ihn am Leben gehalten. Nie zuvor hatte Anas Vater in ihrer Gegenwart auch nur ein Sterbenswörtchen über seine Gefangenschaft verloren. Als sie ihn nach ihrer Heimkehr darauf ansprach, hatte er ihre Tante verflucht, hochroten Kopfes der Lüge bezichtigt. Ana aber bohrte nach, so lange, bis tröpfchenweise Erinnerung über seine Lippen sickerte. Offenen Mundes war sie neben ihm gesessen, hatte er Verschüttetes ausgegraben wie ein Buch aus der Hölle, und mit jedem Satz war er ihr fremder geworden, näher gekommen im selben Atemzug.

Am Horizont entschwand ein Schiff ihren Augen. In Gedanken sah sie sich bereits an Bord des Dampfers, und etwas Schweres spannte sich um ihre Brust. Abermals musste sie an die bevorstehenden Tage auf hoher See denken, die Unberechenbarkeit des Atlantischen Ozeans, dessen Launen der Dampfer bei Wind und Wetter ausgeliefert war. Sie hörte das Brausen bei schwerem Seegang, heulenden Sturmwind, sah das Schiff in meterhohe Wogen stoßen, während es sich mit aller Kraft gegen den drohenden Untergang stemmte. Je länger sie aufs Meer starrte, umso mehr glich das Glitzern einem Minenfeld, wurde zum heimtückischen Blendwerk, gleich dem Klang der Sirenen.

Vieles hatte sich verändert seit jenem Tag in Altaussee, als sie Damirs Brief in Händen gehalten hatte, Zeile für Zeile mit wachsender Freude las. In flammenden Worten hatte er von der geplanten Route geschrieben, und der Aufbruch nach Argentinien schien damals das rettende Tor in ein neues Leben. Nun aber ließ sie der Blick aufs Meer innerlich schwanken, lag etwas Bedrohliches vor ihr, und sie steuerte darauf zu in einem reißenden Sog. Bis in die Träume folgten Bilder von Wirbeln und Sturzwellen, spülten sie erst beim Erwachen der Dämmerung an Land.

Als sie die Fensterbalken in den Morgen öffnete, lag das Meer wieder versöhnlicher vor ihr. Die Sonne stand dort, wo sich Wasser und Himmel berührten, malte mit kräftigen Farben einen Weg ins Wasser wie ein leuchtender Pfad. Sie hörte Damirs Worte der Reise zum Licht, musste ans Gespräch in der Kirche denken, seinen Wunsch einer Postkarte aus Argentinien.

Ein Tag verblieb noch bis zum Ablegen des Dampfers. Davor standen Erledigungen an, galt es, ein Paar neuer Schuhe zu besorgen und ein starkes Mittel gegen Reisekrankheit. Auch hatte sie Damir versprochen, ihn anzurufen nach ihrer Ankunft in Genua. Zunächst aber holte sie Briefpapier aus dem Koffer, um Nadia eine längst überfällige Nachricht zu schreiben. Sie setzte sich an den Tisch, suchte nach Worten, brachte, nach draußen blickend, keinen einzigen Buchstaben zu Papier, bis der Stift fast wie von selbst übers Weiß zu gleiten begann.

Nach einer Stunde mahnte sie der siebenmalige Schlag der Glocke ans gemeinsame Frühstück, und zufrieden faltete sie mehrere dicht beschriebene Blätter zusammen, die sie ins adressierte Kuvert steckte. Schritte hallten im Stiegenhaus. Jemand hustete am Gang, klopfte an die Tür neben ihrem Zimmer, die aufgesperrt und geöffnet wurde, gleich darauf ins Schloss fiel. Durch die Mauer bahnten sich Männerstimmen. Anfänglich kaum vernehmbar, wurden sie zunehmend lauter, bis sich ein handfester Streit entsponnen hatte. Gebannt hörte sie den beiden zu, konnte lückenhaft verstehen, weshalb sie sich in die Haare geraten waren. Bruchstücke wie Ehre, Treue, windiger Monsignore drangen an ihr Ohr, fügten sich langsam gleich Puzzlesteinen zu einem Bild der Unterredung zusammen.

Während sie ihre Haare richtete und die Lippen nachzog, schreckte sie ein heftiger Knall auf. Gleich darauf barst Glas, brüllte einer der Männer wutentbrannt auf. Pochenden Herzens saß sie auf dem Stuhl, griff sich an den Hals, wo sie die kleine Narbe neben dem Kehlkopf ertastete. Sie fand sich in Tomas Baracke wieder, roch seinen Schweiß, den scharfen, nach Alkohol stinkenden Atem. Ein Zittern ging durch ihren Körper, ließ sie abermals spüren, dass sie seinem Schattenreich nicht entkommen war.

Nebenan fiel die Tür ins Schloss, und unheilvolle Stille breitete sich aus. Angespannt horchte Ana auf jedes noch so leise Geräusch, mit wachsender Angst, dass etwas Schlimmes vorgefallen war. Schon dachte sie daran, aufzustehen und nach dem Rechten zu sehen, als jemand *Scher dich zum Teufel!* schrie, gefolgt von einer Salve an Schimpfwörtern. Durchs Fenster sah sie einen bärtigen Mann am Schotterweg gehen, seinen Arm in Richtung des Fensters zum Hitlergruß gestreckt, bevor er hinter dem Tor verschwand. Sie hörte noch, wie ein Möbelstück geschoben, Scherben weggeräumt wurden. Dann verließ sie das Zimmer.

Zum Frühstück hatten sich bereits alle im ehemaligen Refektorium, einem kühlen, säulengestützten Raum im Untergeschoss, eingefunden. Ana fühlte sich beim Betreten in den Keller des Zagreber Erziehungsheims zurückversetzt, in dem sie nach ihrer Schulzeit gearbeitet hatte. Es war derselbe Geruch nach Moder und feuchter Mauer, eine beängstigende Enge, die längst vergessen geglaubte Erinnerungen hochkommen ließ. Bevor sie noch tiefer in die Abgründe des Erlebten abtauchte, war sie schon von Rosa entdeckt worden, die bei den anderen am Tisch saß.

„Ich habe ein kleines Präsent für Sie, Frau Mack!", rief sie ihr zu, wedelte aufgeregt mit einem Blatt Papier in der Luft. „Gestern Abend hat man es mir zugestellt. Jetzt müssen Sie sich nur noch ein wenig in Geduld üben." Erwartungsvoll drückte sie ihr das Dokument in die Hand. Ana überflog das Papierstück, den Passierschein für die Überfahrt, nickte ihr dankend zu.

„Ihr Einreisevisum erhalten Sie am Nachmittag im argentinischen Generalkonsulat", fuhr Rosa fort. „Es befindet sich ganz in der Nähe. Ich werde Sie und die anderen dorthin begleiten."

„Kann man hier irgendwo telefonieren?"

„Im ersten Stock finden Sie das Büro eines Mitarbeiters des Erzbischofs. Dort sind Sie mit Sicherheit an der richtigen Stelle. Aber jetzt essen Sie erst einmal, es ist genug für alle da!" Sie schenkte aus einer großen Kanne Kaffee ein und reichte das Körbchen mit Gebäck.

Während sich die anderen angeregt über den Tag der Abreise unterhielten, nippte Ana lustlos am dampfenden Getränk. Seit der Zugfahrt verspürte sie kaum Appetit, nur ein ständiges Druckgefühl im Bauch und einen schalen, metallischen Geschmack im Mund. Neidisch beobachtete sie Rosa, die das Frühstück mit allen Sinnen zu genießen schien, wie schon am Vortag vor Energie strotzte. Und doch entgingen ihr nicht die dunklen Schatten, die sich unter dem stark geschminkten Gesicht abzeichneten. Überhaupt schien ihr Rosas übersprühende Art, ihr fast schon aufdringliches Dauerlächeln so aufgesetzt wie das sie umnebelnde Parfum, ließ sie mutmaßen, welcher Mensch sich hinter der Maske verbarg.

Mit einem Mal veränderte sich die Miene der Italienerin. Ana drehte sich um, sah einen elegant gekleideten Mann den Raum betreten, der seinen Hut tief in die Stirn gezogen hatte. Sein Gesicht befremdete sie. Sie war sicher, ihm schon einmal begegnet zu sein, aber es wollte ihr nicht gelingen, ihn einzuordnen, was sie wütend machte.

„Entschuldigen Sie mich für einen Moment!" Rosa war aufgestanden, ging zu dem Fremden, der sie mit Küssen auf die Wange begrüßte. Besorgt betrachtete sie seine rechte Augenbraue, die fast zur Gänze ein rotverfärbtes Pflaster bedeckte. Er aber winkte beschwichtigend ab, schob ihr einen Stuhl hin. Rosa setzte sich, kramte in der Tasche und steckte ihm ein Kuvert zu, das er sogleich prüfend öffnete. Der Inhalt schien ihn zufriedenzustellen, denn genüsslich biss er in sein Gebäck, tätschelte wie zum Dank Rosas Knie unterhalb des Rocksaums. Ihr war die Annäherung sichtlich unangenehm. Verlegen sah sie sich um, schob rasch die Hand beiseite, als sie Anas Blick streifte. Obwohl sich die beiden gedämpft unterhielten, hatte Ana an der Stimme des Mannes erkannt, dass es sich um ihren Zimmernachbarn handeln musste.

Gleich nach dem Frühstück kam sie Rosas Ratschlag nach und suchte das Büro im ersten Stock auf. Der Mitarbeiter des Erzbischofs, ein hagerer Mann mit fahler Hautfarbe, bat sie herein, deutete ihr, sich zu setzen, bevor er sich wieder seiner Arbeit widmete. Sie nahm auf einem der beiden Stühle vor dem Schreibtisch Platz. Eine Weile wartete sie unentschlossen, reichte ihm dann den Zettel mit der zu wählenden Nummer.

„Signore Damir!", rief der Mann in einem Anflug des Erstaunens und meldete unverzüglich das Ferngespräch an. „Richten Sie ihm bitte Grüße von Matteo aus, wir haben schon seit einigen Wochen nichts mehr voneinander gehört."

Während in regelmäßigen Abständen der Signalton erklang, sah sich Ana in dem kleinen, mit purpurfarbenem Teppich ausgelegten Raum um, in dem sich Aktenberge bis zur Decke türmten. Zwischen zwei Schränken lugte ein schlichtes Holzkreuz hervor. Darunter hing das Konterfei des Erzbischofs, das beinah die Hälfte der verbleibenden Wand einnahm. Entrückt ging sein Blick durch die Brille, fast so, als hätte er beim Porträtieren die Anweisung erhalten, eine möglichst jenseitige Position einzunehmen.

Mit einem Mal wurde Ana leichten Chlorgeruchs gewahr. In all den Jahren im Lager hatte es kaum genügend Mittel zur Desinfektion gegeben, und das Rote Kreuz verweigerte lange seine Unterstützung, da man sich nicht in Belange der Ustascha einmischen wollte. Erst nach einer folgenschweren Epidemie hatten sie zumindest so viel Chlorreiniger bereitgestellt, dass man für einige Zeit das Auslangen fand.

Sie kam nicht dazu, länger über die Herkunft des Geruchs nachzudenken. Der Signalton war abgebrochen, und sichtlich enttäuscht legte sie auf.

„Auf ein Neues?", fragte Matteo augenzwinkernd. Ohne ihre Antwort abzuwarten, griff er zum Telefon. Nachdem die Verbindung hergestellt war, reichte er Ana den Hörer, den sie fester als zuvor an ihr Ohr drückte. Aber auch diesmal war niemand zu erreichen, und so vereinbarten sie einen dritten Versuch am Nachmittag.

Beim Verlassen des Gebäudes am späten Morgen lag Genua wie unter der Kuppel eines Tropenhauses. Die angenehme Kühle der Klostermauern war feuchter, schwüler Meeresluft gewichen, trieb sie nach erledigtem Einkauf in den Schatten eines Cafés. Eine Zeitlang beobachtete sie das lebhafte Treiben der Stadt, öffnete dann ihr Buch, um in eine versunkene Welt einzutauchen, in der Kinder ohne Grenzen von Mauern heranwuchsen, lachend, forschend, staunend.

Nur kurz war ihr gegönnt, zwischen den aufgeschlagenen Seiten zu verweilen. Sie hob den Kopf, da Soldaten einen Mann angehalten hatten, der sich der Kontrolle seiner Papiere mit allen Mitteln zu widersetzen versuchte, lauthals seinem Ärger Luft machte. Immer mehr Menschen drängten um die Gruppe, beschimpften den Festgehaltenen als Faschist, spuckten verächtlich auf den Boden. Schließlich gelang es den Soldaten, den Mann abzuführen, begleitet von lautem Klatschen und Bravo-Rufen.

Ana wusste nicht, ob es an der Meeresluft lag oder dem verschmähten Frühstück, aber zu Mittag begann sich ihr Magen zu melden, und sie verspürte aufkommenden Hunger. Auf Empfehlung des Kellners suchte sie eine kleine Osteria in Hafennähe auf, wo sich Geschäftsleute unter Fischer und Fabrikarbeiter mischten, der Duft von Pasta, Fisch und Meeresfrüchten betörend durch den Raum zog. Sie musste sich gedulden, bis ihr Essen gerichtet war. Als dann der üppig belegte Teller mit gegrillter Goldbrasse, Gemüse und gebratenen Polentastücken aufgetischt wurde, war sie augenblicklich entschädigt für das lange Warten, schmeckte mit jedem Bissen die frischen Kräuter und das intensive Aroma von Zitrone, Knoblauch und Olivenöl.

Anders als am Tag zuvor ging sie am Rückweg nicht mehr wie eine Getriebene durch Genua. Hatte sie die Stadt bei ihrer Ankunft noch düster und bedrückend empfunden wie das enge Gassengewirr, schien sie sich nun zu öffnen, blieb Zeit zum Bestaunen zahlreicher Monumente der Vergangenheit, die vom Glanz der alten Seerepublik zeugten.

Sie war schon in der Nähe der Unterkunft angelangt, als sie ihren Schritt verlangsamte. Aus einer Basilika drang gedämpfter Gesang, der ihr seltsam vertraut war, sie anzog, neugierig durchs Portal treten ließ. Ein Chor junger Sänger hatte sich im sonnengefluteten Altarbereich positioniert, neben dem ein mächtiges Gabelkreuz mit geschnitztem Christus emporragte. Die Kinder darunter wirkten verschwindend klein. Ihr Gesang aber führte Ana auf eine lange Reise in frühere Zeiten, öffnete Türen und Tore mit jedem neuen Lied. Gesichter der Buben und Mädchen zogen vorüber, denen sie an der Krimmler Ache begegnet war. Sie stand vor dem Tor zum Lagereingang, sah kleine Kinder, die man wie Katzenjunge ins Wasser warf, fand sich in den Armen ihrer Mutter wieder, lag im satten Grün einer Wiese, bis plötzlich Nino vor ihr auftauchte, blass und zitternd vor Kälte. An einem frostigen Winterabend hatte sie ihm und anderen Kindern so lange Lieder vorgesungen, bis eines nach dem anderen eingenickt war. Nur er wollte keinen Schlaf finden, klammerte sich an sie, hatte zu weinen begonnen, als sie schweren Herzens den Raum verließ. Dunkles drängte sich auf, so wuchtig wie schon lange nicht mehr, und die Lieder verdichteten sich zu einem Abgesang an alle Verstorbenen. Sie blieb noch eine Weile in der Basilika, gefangen von den Tönen, die nachhallten, als sie das Gebäude längst wieder verlassen hatte.

Pünktlich mit dem Glockenschlag erreichte sie das Kloster. Rosa saß schon auf Nadeln, führte sie und die anderen auf direktem Weg zum Generalkonsulat. Vor dem Haus, das am Hafengelände lag und dessen Farbe verwittert war, standen Männer im Halbschatten, rauchten, dösten, diskutierten, ohne dass der Grund ihres Aufenthaltes erkennbar war.

Im Inneren des Gebäudes hatte sich eine Menschenschlange im Erdgeschoss gebildet. An ihrem Ende erblickte Ana eine Frau in einem kleinen Zimmer, die verloren hinter dem Schreibtisch saß, sichtlich der Verzweiflung nahe.

„Die Arme wird sich noch zu Tode arbeiten“, sagte Rosa und schüttelte ihren Kopf. „Wenn das so weitergeht, ist der Dampfer schneller in Argentinien, als Sie Ihre Papiere erhalten haben.“

Es war nicht die einzige Unmutsbekundung während der langen Zeit des Wartens, denn auch andere machten ihrem Ärger mit Rufen und Beschimpfungen lauthals Luft. Bis Ana an die Reihe kam, endlich ihr Einreisevisa in Händen hielt, hatte sich die Menschenschlange deutlich gelichtet. Müde und erschöpft kehrte sie ins Kloster zurück, legte sich nieder, fiel in einen kurzen, unruhigen Schlaf. Die Erinnerung an einen Traum mit brennenden Baracken ließ sie hochschrecken, und während sie sich für den erneuten Besuch im Büro frisch machte, meinte sie, Rauch in der Lunge zu spüren.

Matteo begrüßte sie diesmal übertrieben freundlich. Er reichte ihr sternförmige Kekse in einer silbernen Schale, und nachdem die Verbindung hergestellt war, nickte er ihr aufmunternd zu. Ana lauschte in die Stille, die alle paar Sekunden von einem tiefen Ton unterbrochen wurde.

Fast hatte sie schon die Hoffnung aufgegeben, als ein Knacken in der Leitung zu vernehmen war. Es rauschte, knisterte, und mit einem Mal erklang Damirs Stimme so klar und deutlich, dass sie meinte, er würde neben ihr stehen.

„Ana!", rief er, „was für eine schöne Überraschung! Von wo rufst du an?"

„Ich bin in Genua und habe heute schon zweimal versucht, dich zu erreichen. Herr Matteo ist so liebenswürdig und lässt mich sein Telefon benutzen. Ich soll dich übrigens herzlich von ihm grüßen."

„Ich hoffe, es gibt keine Hiobsbotschaft?"

„Mach dir keine Sorgen, es läuft alles nach Plan. Eben vorhin haben wir unsere Einreisepapiere erhalten."

„Dann bist du also endlich bald am Ziel deiner Reise. Sag, was verschafft mir die Ehre deines Anrufs?"

„Ich habe versprochen, mich vor meiner Überfahrt bei dir zu melden und wollte mein Wort halten. Aber du klingst ein wenig bedrückt, Damir. Ist alles in Ordnung bei dir?"

„Danke, ich will mich nicht beklagen! Mit Hilfe von oben helfe ich nach wie vor im Kleinen und im Großen. Du weißt ja, es gibt genug zu tun hier und viele, die auf unseren Beistand zählen. Dein Dampfer müsste morgen den Anker lichten, oder täusche ich mich?"

„Er legt noch vor Mittag ab. Ich werde mich wieder bei dir melden, wenn ich angekommen bin. Und jetzt möchte ich nicht unhöflich sein und die Leitung nicht länger blockieren."

Damir räusperte sich.

„Ana?"

„Ich bin noch hier."

„Ein Brief deiner Freundin Nadia ist an meiner Adresse eingelangt. Ich habe daran gedacht, ihn dir nach Genua zu senden, nur hätte er dich nicht rechtzeitig erreicht vor deiner Abfahrt. Ich muss gestehen, dass ich ihn bereits geöffnet und gelesen habe. Du kennst meine maßlose Neugierde."

„Es sei dir verziehen, Damir. Was hat Nadia geschrieben?"

„Wenn du nichts dagegen hast, werde ich dir den Brief vorlesen. Ich weiß nicht, ob ich damit das Rechte tue, und Gott soll mich dafür richten, aber er lässt mir ohnehin keine andere Wahl. Warte, ich bin gleich zurück."

Sie hörte, wie eine Lade aufgezogen wurde, gleich darauf das Rascheln von Papier.

„So, hier ist er", sagte er dann und begann zu lesen.

Liebe Ana,

viel zu lang haben wir nichts mehr voneinander gehört, und ich hoffe sehr, dass du wohlauf bist! Ich habe deine Freundin in Altaussee kontaktiert, von ihr die Anschrift erhalten, an die ich dir jetzt schreibe.

Seit deinem letzten Brief hat sich so viel getan hier in Zagreb und unserem Land, dass ich es noch immer nicht fassen kann. Wenn ich zurückdenke an die letzten Wochen und Monate, beginnt sich alles zu drehen, gleich einem Wechselbad aus Glück und Ernüchterung. Du weißt ja von unserer Kartei mit den Namen tausender Lagerkinder, die wir für ihr rasches Auffinden angelegt haben. Das gesamte Material liegt jetzt beim Ministerium, selbst die Kopien, die wir zur Sicherheit angefertigt haben. Manchmal könnte ich aus der Haut fahren, wenn ich daran denken muss, dass die Arbeit von so vielen Jahren verloren ist und Eltern ihre Kinder nun nicht mehr finden werden.

Aber ich sollte auf den eigentlichen Grund meines Schreibens zu sprechen kommen. Kürzlich haben zwei meiner ehemaligen Mitarbeiterinnen, Marlena und Silvija, die du ja von früher kennst, Restbestände an Kleidung und Decken an Kinderheime geliefert. Beim Entladen haben die Kleinen mitangepackt, und dabei ist Silvija ein Junge aufgefallen mit einem Feuermal auf seiner Stirn. Als sie ihn nach seinem Namen gefragt hat, ist sie stutzig geworden, hat sich an deine Erzählungen von Nino erinnert. Gleich nach ihrer Rückkehr hat sie mich davon in Kenntnis gesetzt. Ich wollte natürlich mehr wissen, bin selbst zum Heim gefahren und habe den Verantwortlichen um die Akte des Jungen gebeten. Er ist sieben Jahre alt, als Waisenkind eingetragen. Eine Todesbescheinigung seiner Mutter, die allem Anschein nach in einem Lager in Deutschland an Lungentuberkulose gestorben ist, war dem Akt beigelegt. Der Junge war längere Zeit auf einem Bauernhof untergebracht, bei zwei gehässigen Schwestern, wie er mir erzählt hat, die den Hof gemeinsam mit einem taubstummen Knecht geführt haben. Mehrmals ist er von dort ausgerissen, wäre bei einem seiner Fluchtversuche beinah ertrunken und wurde immer wieder zurückgebracht. Nach dem Krieg ist er schließlich im Heim gelandet. Er hat deinen Namen gekannt, Ana, von dir erzählt, nach dir gefragt. Es ist dein Nino, daran besteht kein Zweifel.

Ich weiß, in welch schwierige Lage dich mein Brief wahrscheinlich bringt, wie du dich fühlen wirst nach all dem, was ich geschrieben habe. Trotzdem wollte ich dir diese Nachricht so rasch wie möglich zukommen lassen. Es hätte mir sonst keine Ruhe gelassen.

Ich bin keine Prophetin, ich kann nicht sagen, was die Zukunft bringt. Aber falls du an eine Rückkehr in deine alte Heimat denkst oder ich dir behilflich sein kann, den Kontakt zu Nino herzustellen, kannst du auf mich zählen. Glaub mir, bald schon wird sich auch die Anklage gegen dich als haltlos erweisen. Es gibt genügend andere Fürsprecher, die wie ich denken und deine Unschuld bezeugen können. Wir wissen sehr gut, Ana, was du für die Kinder im Lager getan hast, wie viele von ihnen dir ihr Leben verdanken. Das ist es doch, was zählt in diesen Tagen.

In Hoffnung auf deine baldige Antwort, und dass du die richtige Entscheidung triffst, woran ich fest glaube, grüßt dich von Herzen

deine Nadia

„Seit wann weißt du von dem Brief?", fragte Ana nach längerer Pause.

„Er liegt seit einiger Zeit in meiner Schublade. Bitte nagle mich nicht fest, wann genau er eingetroffen ist, das kann ich bei Gott nicht sagen. Zu meiner Entschuldigung muss ich aber festhalten, dass –" seine Stimme stockte. „Steig morgen aufs Schiff, Ana. Lass dich nicht von etwas blenden, das dich wieder in Gefahr bringt. So kurz vor dem Ziel wirft man nicht alles hin, und du hast lang genug auf einen Neubeginn gewartet."

Ana spürte ihr Herz bis zum Hals schlagen. Die Hand, in der sie den Hörer hielt, hatte zu zittern begonnen.

„Du weißt, wie sehr mir Nino ans Herz gewachsen ist", sagte sie leise. „Und ich weiß ehrlich gesagt nicht mehr, wo mir gerade der Kopf steht."

„Ich habe dir den Weg geebnet und das Tor geöffnet", antwortete Damir etwas ungehalten. „Hindurchgehen musst du aber selbst."

„Du bist und bleibst jedenfalls ein wahrer Freund, Damir. Danke für deine Aufrichtigkeit."

Etwas brannte ihr noch auf der Zunge, aber sie zog es vor, zu schweigen, verabschiedete sich mit einer seltsamen Schwere.

Als sie ihr Zimmer betrat, schien sich der Raum verengt zu haben. Unschlüssig blieb sie am Fenster stehen, setzte sich aufs Bett. Gleich darauf stand sie wieder auf, ging unruhig hin und her und kam doch nicht vom Fleck. In der Basilika hatten sie noch Zweifel geplagt, ob Nino am Leben war, wie so oft in dunklen Stunden, und nun, wo sie endlich wusste, dass er wohlauf war, stieß sie an ihre Grenzen, rückten die Wände bedrohlich näher. Sie fühlte sich benommen, ratlos, war unendlich glücklich und zerrissen zugleich. Die Vorstellung, am folgenden Tag den Dampfer zu betreten, widerstrebte ihr mehr denn je, lähmte ihr Denken und Handeln. Bevor ihr die Decke auf den Kopf fiel, verließ sie das Kloster fluchtartig Richtung Meer.

An einer von Palmen und Kakteen gesäumten Promenade führte der Weg entlang der Küste. Das Gehen tat ihr gut, ließ sie durchatmen, ihren Gedanken wieder freien Lauf. Vom Meer wehte eine angenehme Brise, die ihren Körper kühlte, kleine Schaumkronen auf der Wasseroberfläche formte. Scheinbar spielerisch trieben Möwen im Wind, kreischten um die Wette, flogen nah an die Wellen heran, um blitzartig hindurchzustoßen auf der Suche nach Nahrung.

Sie hatte schon eine größere Wegstrecke zurückgelegt, als sie wie von fern Glockenläuten hörte. Wenig später kam sie an einer Kirche vorüber, die auf einer Anhöhe über dem Meer errichtet worden war. Dahinter, am Ende einer kleinen Bucht, türmten sich bunte Häuser eines Dorfes übereinander, hell und heiter im Sonnenlicht leuchtend.

Im Näherkommen fiel ihr ein älterer Mann mit sonnengegerbtem Gesicht auf. Er saß im Schatten seines Bootes, das am Kiesstrand vertäut war, hatte ein Fischernetz übers Knie gelegt. Geschickt ließ er es durch die Finger gleiten, prüfte die Maschen, griff, wenn nötig, zu Nadel und Garn. Neben ihm döste eine schneeweiße Katze, deren Kopf oberhalb der Wangen schwarz und kapuzenartig umrandet war. Ana musste an Dim denken, jenen frostigen Wintertag, an dem er ihr halbverhungert zugelaufen war. Während sie in der Dämmerung Holzscheite in einen Korb gelegt hatte, war sie von herzzerreißenden Lauten aufgeschreckt worden, die wie Schreie eines Säuglings durch die Luft drangen. Dann erst hatte sie den dunklen Punkt im Schnee entdeckt, der sich langsam auf sie zubewegte, verharrte, als sie näherkam.

Sie zog ihre neuen Schuhe aus, die ihr zwei schmerzhafte Blasen beschert hatten, ging barfuß über das kurze Strandstück zum Meer. Die Lust war groß, sich ihrer Kleider zu entledigen und ins Wasser zu laufen, so wie sie es oft in ihrer Kindheit getan hatte. Diesmal aber begnügte sie sich damit, ihre Beine abzukühlen. Welle für Welle umspülte die Gischt Knöchel und Wade, ließ sie einen Moment lang die Augen schließen. Sie hörte den Wind, das Rauschen der Brandung, sah Nino neben sich stehen, der fragend zu ihr aufblickte.

Am frühen Abend, als die Sonne schon tief über dem Meer stand, kehrte sie zurück. Sie verlor sich im Dickicht der Stadt, fand sich in einer lichtlosen Gasse wieder, die sie noch nie zuvor betreten hatte. Ohne die geringste Orientierung irrte sie umher, bis sie plötzlich den Kroaten aus einem Geschäft treten sah, dem sie zum Klosterdurchgang folgte. Aufgeschreckt von ihren hallenden Schritten, drehte er sich ruckartig um, ließ ihr sichtlich erleichtert den Vortritt durchs Gittertor.

Nachdem sie ihre Koffer gepackt hatte, suchte sie die Osteria von Mittag auf. Blutrot lag das Meer jetzt vor ihr, und der Himmel, über den sich vereinzelt Wolken geschoben hatten, schien in Flammen zu stehen. Während sie auf ihr Essen wartete, stand der kommende Morgen erneut wie ein Schatten im Raum, und auch zu späterer Stunde, längst in ihre Unterkunft zurückgekehrt, ließ ihr der Gedanke an die Reise keine Ruhe. Sie musste an den Tag des Partisanenüberfalls aufs Lager denken, fand sich dort wieder, wo sie Nino zuletzt zu Gesicht bekommen hatte. Selbstzufrieden hatte er in ihrem Zimmer gespielt, leise vor sich hin geträllert, gar nicht bemerkt, dass sie den Raum verließ. An der Tür hatte sie sich noch einmal nach ihm umgedreht, einen langen Blick auf ihn geworfen.

Unzählige Male hatte sie sich vorzustellen versucht, was geschehen wäre, wenn sie ihn mitgenommen hätte an jenem Morgen, und stets hatten ihre Überlegungen ins Leere geführt. Ninos Lebenszeichen ließ alles in einem anderen Licht erscheinen.

Fast war sie schon vom Schlaf überwältigt worden, als jemand am Schloss ihrer Zimmertür zu hantieren begann. Sie fuhr hoch, tastete sich zum Lichtschalter. Ninos Holzpferd, das sie am Nachtkästchen abgestellt hatte, fiel zu Boden, und augenblicklich verstummte das Geräusch an der Tür. Ein Mann fluchte lautstark. Es war ihr Zimmernachbar, der jetzt von neuem versuchte, den Schlüssel ins Schloss zu bekommen.

Nach einer Weile des Zuwartens gab sich Ana einen Ruck. Sie streifte ihren Mantel über, öffnete die Tür, und fast fiel ihr der Mann in die Arme, der gerade noch sein Gleichgewicht halten konnte. Verwirrt blickte er sich im Raum um, stützte sich am Türrahmen ab.

„Da muss ich mich wohl im Zimmer geirrt haben", sagte er sichtlich betrunken. „Meine Augen sind im Dunkel einfach zu nichts mehr zu gebrauchen. Nehmen Sie es mir bitte nicht übel, gnädige Frau. Soll nicht wieder vorkommen, darauf gebe ich Ihnen mein Ehrenwort."

„Keine Ursache", erwiderte Ana, schloss die Tür und legte sich wieder ins noch warme Bett.

Es verging nicht viel Zeit, bis nebenan zufriedenes Stöhnen und Schnarchen zu vernehmen war. Ana aber war wieder hellwach. Sie versuchte, sich auf das Plätschern des Brunnens zu konzentrieren, das zum Klang von Regen wurde, und der Regen führte sie zurück an jenen Tag, als sie Nino zum ersten Mal begegnet war. Völlig durchnässt und verloren war er zwischen anderen Kindern am Hof gestanden, den Kopf auf die schlammige Erde gesenkt. Erst, nachdem sie ihm einen Apfel zugesteckt und seinen Namen erfragt hatte, hatte er misstrauisch zu ihr aufgeschaut. In seinen Augen jedoch konnte sie eine Welt erblicken, die sich fernab vom Lager befand, ein geheimnisvolles Reich, in dem es noch Bäche gab mit glasklarem Wasser, taunasses Gras, über das man laufen konnte im Licht der Sonne.

Irgendwann musste sie eingenickt sein, denn als sie am frühen Morgen die Augen öffnete, meinte sie, jemand habe im Traum nach ihr gerufen, heftig ans

Fensterglas geschlagen. Erst nach einer Weile wurde ihr bewusst, dass das Klopfen von draußen kam, gefolgt von unruhigen Scharrgeräuschen. Ruckartig zog sie den Vorhang zurück. Im selben Moment flog eine Taube von der Fensterbank in den Himmel, der sich eingetrübt hatte über Nacht.

Sie zog sich an, sah hinaus auf den dichten Dunstschleier, der Fischerboote wie von Geisterhand verschwinden ließ, bevor sie an anderer Stelle wieder auftauchten. Nun dauerte es nicht mehr lange, bis auch ihr Dampfschiff ins Weiß drang auf seinem Weg Richtung Süden, um tausende Kilometer weiter, am Hafen von Buenos Aires, anzulanden. Nach einem letzten Blick ins leergeräumte Zimmer zog sie die Tür ins Schloss. Gleich darauf hörte sie Rosas hallende Stimme, sah die anderen in der Eingangshalle, in so ausgelassener Stimmung, dass sie versucht war, zurückzukehren. Aber es war zu spät. Der Kroate hatte sie bereits entdeckt, ließ es sich nicht nehmen, ihr die Koffer über die Stufen zu tragen.

Der Weg zum Meer schien Ana wie der Gang zum Schafott, und jeder Schritt, der sie dem Hafen näherbrachte, zog ein Seil enger um ihre Brust. Als dann die *Philippa* vor ihren Augen auftauchte, die groß und übermächtig vor Anker lag, begann ihr Herz zu rasen. Gleich Wachtürmen waren am Oberdeck Schornsteine positioniert, stießen dunklen, rußigen Rauch aus. Alles in ihr sträubte sich, das metallene Ungetüm zu betreten, das nur darauf zu warten schien, ihren

Körper aufzunehmen, um ihn an fremdem Ort wieder auszuspucken. Schon meinte sie das Schwanken zu spüren, das sie erwartete, wenn die Leinen gelöst waren, das Schiff den schützenden Hafenbereich verließ. Aber noch spannte sich Tauwerk von den stählernen Pollern zum Dampfer, der regungslos in den Seilen hing.

Am Vorabend in der Osteria hatte ihr ein Kellner, der in jüngeren Jahren als Matrose angeheuert hatte, von seinen Erlebnissen auf hoher See berichtet. Während sie ihr Dessert löffelte, erfuhr sie von gerissenen Stahlseilen, orkanartigen Sturmböen, explodierenden Sicherheitsventilen und Löchern im Schiffsrumpf. All dies hätte er ihr gar nicht erzählen können, wäre er nicht wie durch ein Wunder von einer gigantischen Monsterwelle verschont geblieben, hatte er am Ende seiner Schilderungen angemerkt und ihr Grappa eingeschenkt.

„Wie ich sehe, steht uns dieselbe Reise bevor!" Wie aus dem Nichts war ihr deutscher Zimmernachbar neben ihr aufgetaucht, den Hut noch tiefer ins Gesicht gezogen als am Tag zuvor. „Warten wir ab, wer von uns als Erster seekrank wird. Ich bin jedenfalls schon zufrieden, wenn wir heil aus dem Hafen herauskommen, denn es soll noch eine Menge Minen auf dem Meeresboden geben. Aber es bleibt uns ja noch eine kurze Galgenfrist bis zum Einschiffen. Übrigens habe ich mich noch gar nicht für Ihre Hilfe bedankt. Ohne Sie hätte ich die Nacht wohl am

Gang verbringen müssen. Vielleicht darf ich mich auf dem Schiff bei Ihnen revanchieren, wenn es Ihnen recht ist. Also dann – ich hoffe, man sieht sich an Bord!"

Am Pier herrschte hektische Betriebsamkeit. Arbeiter schleppten Kisten aus Lastwagen, die im Bauch des Dampfers verstaut wurden, längst erwachte Kräne quietschten vor schwerer Last, und die Schreie von Matrosen hallten in lautem Durcheinander über die Reling. Sie gingen bis zur Gangway, wo sich bereits eine große Menschenmenge eingefunden hatte. Immer neue Passagiere strömten unter den wachsamen Augen von Uniformierten heran, wie eine nicht enden wollende Flut.

Ana ließ ihren Blick über die Wartenden gleiten, die gleich Gestrandeten um ihr Gepäck versammelt waren. Drei Priester zogen ihre Aufmerksamkeit an, die sich etwas abgesondert in der Nähe des Hafengebäudes befanden. Einer von ihnen, mit breitkrempigem Hut und langer, schwarzer Kutte bekleidet, gestikulierte heftig, hielt demonstrativ Papiere in die Höhe. Aus unersichtlichem Grunde schien er uneins mit den anderen, ließ seinem Ärger freien Lauf. Mit einem Mal drehte er sich in Anas Richtung und hob seine Hand zum Gruß. Verunsichert sah sie sich um. Dann merkte sie, dass es Rosa war, der er gedeutet hatte, denn ihre Mundwinkel waren steil nach oben gezogen. Nachdem sie die Gruppe aufgefordert hatte, die Bordkarten bereitzuhalten, ging sie dem Mann freudig winkend entgegen.

Unweit der Priester saß statuenhaft ein älterer Mann auf seinem Koffer, den Blick verträumt aufs Meer gerichtet. Von seiner Haltung und dem Ausdruck seines Gesichts erinnerte er Ana an ihren Großvater, so wie sie ihn zum letzten Mal vor seinem Tod gesehen hatte. Mit einem Gefühl der Dankbarkeit brach ein Schwall an Erinnerungen über sie herein. Längst vergessene Geschichten tauchten auf, die er erzählt hatte, Spaziergänge durch Parklandschaften, über verschneite Friedhöfe, Lieder, die sie gemeinsam gesungen hatten. Sie fand sich in ihrem Kinderzimmer wieder, mit roten Flecken übersät, hörte seine bestimmte, nie belehrende Stimme.

Alles in deiner Vorstellung kann zu leben beginnen, hatte er zu ihr gesagt, alles kann zu leben beginnen, wenn du wirklich daran glaubst. Es waren dieselben Worte, die sie später tröstend an Nino gerichtet hatte, wenn ihm Tränen in den Augen gestanden waren vor Hunger, Wut und Schmerz. Auch er hatte die Botschaft verstanden, denn im Spiel begannen Zapfen und Papierfiguren zu leben, hölzerne Tiere zu sprechen, hatte sich für ihn ein Tor aufgetan, das ihn hinausführte aus dem Reich des Todes.

Unter dem Vorwand einer Toilettenpause entschuldigte sich Ana, ließ sich nicht davon abbringen, ihre Koffer mitzunehmen. Gedankenversunken ging sie an der Bordwand des Dampfers entlang, die sich wie eine unüberwindbare Mauer vor ihr auftürmte. Die Bullaugen starrten sie bedrohlich an, und dahinter sah sie das Gesicht einer Frau von ihrem Ebenbild, eingeschlossen in Tonnen von Stahl.

Nachdem sie den Bug passiert hatte, breitete sich das Meer wieder in seiner unendlichen Weite vor ihr aus. Das Wasser an jener Stelle war trüb und schmutzig, mit Unrat und glänzendem Ölfilm bedeckt. Bei genauem Hinsehen erkannte sie das Stück eines Fischernetzes, in dem sich Seegras verfangen hatte. Haarbüscheln gleich wurde es von der Strömung auf und ab bewegt, mit glucksenden Lauten gegen die Kaimauer gespült. Eine Weile schaute sie dem Spiel der Wellen zu. Dann wurde sie wie von unsichtbarer Hand weitergezogen, vorbei an Hafengebäuden, rauchenden Schloten und Maschinen, über Asphalt und Schienen, und je weiter sie sich von der *Philippa* entfernte, umso freier wurde das Gefühl um ihre Brust. Sie spürte nicht mehr ihre schmerzenden Füße, fühlte nicht das Gewicht der Koffer, hörte nicht die Rufe hinter ihrem Rücken.

Erst, als das Schiffshorn mahnend durch die Luft dröhnte, hielt sie einen Moment lang inne. Ohne sich umzudrehen, setzte sie den eingeschlagenen Weg fort, hinaus aus dem Hafengelände, fühlte die Konturen von Ninos Holzpferd in ihrer Jacke, umschloss es so fest, dass es schmerzte.

Den Kindern von Gornja Rijeka, Jastrebarsko, Sisak, Stara Gradiška und allen anderen in Ustascha-Lagern Inhaftierten, deren Stimmen für immer verstummten, bevor sie erhört werden konnten.

Inhaltsverzeichnis

I.   Durch Mauern gehen   7

II. Totes Gebirge   11

III. Abgestreifte Tage   68

IV. Über den Berg   150

V.   Entscheidung in Genua   194

Robert Kleindienst

Brandseelaute

Gedichte

Hardcover mit Schutzumschlag
ISBN 978-3-902866-49-3
2017, 112 Seiten
€ 17,90

Robert Kleindienst

Vermintes Echo

Erzählungen

Hardcover mit Schutzumschlag
ISBN 978-3-902866-13-4
2014, 128 Seiten
€ 16,90

Robert Kleindienst

Nicht im Traum

Roman

Hardcover mit Schutzumschlag
ISBN 978-3-902866-08-0
2013, 224 Seiten
€ 18,90